슬픈 망고

슬픈 망고

지은이: 윤춘식
펴낸이: 원성삼
펴낸곳: 예영커뮤니케이션
책임편집: 김지혜

초판 1쇄 발행: 2015년 6월 8일
출판신고 1992년 3월 1일 제2-1349호
136-825 서울시 성북구 성북로6가길 31
Tel (02)766-8931 Fax (02)766-8934

ISBN 978-89-8350-916-1 (03810)

정가 12,000원

www.jeyoung.com

이 도서의 국립중앙도서관 출판예정도서목록(CIP)은 서지정보
유통지원시스템 홈페이지(http://seoji.nl.go.kr)와 국가자료공동목
록시스템(http://www.nl.go.kr/kolisnet)에서 이용하실 수 있습니
다.(CIP제어번호: CIP2015013026)

모든 인간은 하나님의 형상을 닮은 존엄한 존재입니다. 전 세계의 모든
사람들은 인종, 민족, 피부색, 문화, 언어에 관계없이 존귀합니다. 예영
커뮤니케이션은 이러한 정신에 근거해 모든 인간이 존귀한 삶을 사는
데 필요한 지식과 문화를 예수 그리스도의 사랑으로 보급함으로써 우리가 속한 사회
에 기여하고자 합니다.

슬픈 망고

윤춘식 시집

남미의 정글에서 만나는 희망

금동철(아세아연합신학대학교 교수, 문학평론가)

남미, 가난하지만 아름다운

같은 캠퍼스 교수인 윤춘식 시인의 다섯 번째 시집을 만난다. 시집은 그 시인의 초상화이다. 그의 사유와 체험이 시어로 태어나기까지 우리는 그가 읊조리는 시 세계의 궤적을 대하며 그의 시를 신뢰하게 된다. 이번 시집에서 우리가 발견하는 것은, 오랫동안 원주민을 선교하며 남미에서 살아온 시인의 의식 속에 두 개의 세계가 공존하며 교섭하고 있다는 점이다. 시인 자신의 출발점이요 뿌리인 고향으로서의 한국과 현장에서 만나는 다른 세상으로의 남미 사회에 대한 인식이 바로 그것이다. 이 두 세계는 시인의 의식 속에서 서로 교류하고, 교섭하여 풍성한 의미의 세계를 만들어 내고 있는 것을 본다. 거기에는 여러 가지 차이들이 있어서 서로 간에 독특한 문화와 환경을 드러내기도 하고, 인간이라면 누구나 공유하는 보편성의 특질을 서로 공유하는 정서를 만들어 내기도 한다. 이번 시집의 진정한 가치는 바로 이러한 두 세계 사이에 선 시인이 만들어 내는 정서적 공감과 보편성의 확인이 아닐까.

윤 시인의 이번 시집에서 형상화되고 있는 남미는 아픔과 슬픔이 강하게 자리 잡고 있는 대륙의 이미지로 그려진다. 열대의 정글이라는 일견 아름답기도 한 자연을 품고 있지만, 그 속에서 영위하는 삶은 결코 만만치 않음을 인식하는 자리에 시인은 서 있는 것이다. 가난이 일상에 강하게 영향력을 미치고 있는 자들의 삶의 자리가 있는가 하면, 지진으로 고통 당하는 아픈 현실 속에서도 희망을 잃지 않으려는 힘겨운 삶의 자리도 그려진다. 이 시집의 제목이기도 한 "슬픈 망고"는 바로 그런 카리브와 남미의 모습에 대한 축약된 표현일 것이다. 어쩌면 카리브와 남미에 대한 이러한 인식은, 그저 스쳐 지나가는 여행객의 시야에는 잡히기 어려운 것으로, 오직 그 사회 속에 파고들어 가서 그 사회의 속살들을 진하게 경험한 자에 의해서만 잡힐 수 있는 아픈 현실일 것이다.

내 몸이 익으려면

산호 빛 무더운 하늘이

내려와

날 깨워 주어야 해요

망부석 굳은 몸이 익으려면

시퍼런 피부를 후려치는

소낙비가 내 대신

울어 주어야 해요

(…중략…)

바람기 없는 날,

갈 곳 없는

사람들이 지나가는

가난한 길목에서

내 심장은

그늘처럼 우뚝 서

뜨거운 밥이

되어 주고 있어요

「슬픈 망고」중에서

　시의 제목 그대로 '슬픈' 사람들의 삶의 모습이 축약적
으로 드러난 이 시를 통해, 시인은 인디오들의 삶을 내리
누르고 있는 가난이라는 아픈 현실을 지그시 응시한다.
시인의 눈에 들어오는 정글은, '바람기 없는 날'에조차도
'갈 곳'이 없는 사람들이 살아가는 서글픈 땅이다. '갈 곳'
이 없다는 것은 자신에게 허여된 그 삶을 구체적이고 현
실적으로 살아 내야 하는 자리에 선 자들에게는 너무도
심각한 이야기가 아닐 수 없다. 그것은 곧 자신이 마땅히
할 수 있는 일을 찾을 수 없다는 말이며, 정당한 노동을
통해 먹고 살 것들을 마련하고 자기를 발전시킬 수 있는
길을 찾기 어렵다는 말이 되기 때문이다. 이는 자신의 삶
이 부딪힌 가난이나 여러 가지 힘겨운 삶의 조건들이 자
신을 억눌러서, 앞으로의 날들이 더 나아질 것이라는 희
망조차 포기하게 만드는 아픈 현실을 보여 주는 것. 결국
그러한 삶에는 생동감이 사라지고, 무기력하고 무의미한
시간들만 가득하게 될 것이다. 이들에게는 자신의 삶을
영위하기 위한 한 끼 식사조차도 귀한 것이 될 수밖에 없

기에 잘 익은 망고 하나가 그렇게 커다란 의미를 지니게 되는 것이다.

시인의 눈에 비친 '망고'는 바로 이런 이들의 생존에 꼭 필요한 '뜨거운 밥'이 되는 것. 그런데 이러한 '망고'의 이미지는 다른 관점에서 보면 '슬픈' 것인 동시에 '진정한 축복'이 되는 것이 아닐까? 가난하고 힘든 삶을 영위할 수밖에 없는 이들이 보내야 할 힘겨운 하루하루를 아픈 가슴으로 보여 주는 것이 바로 이 망고라면, 역으로 이 망고 덕분에 오히려 먹고 살 수 있는 기본적인 것을 해결할 수 있다는 의미에서, 그 망고가 하나님께서 자연을 통해 주시는 또 다른 축복이 아닌가.

그 망고가 "산호 빛 무더운 하늘"과 "시퍼런 피부를 후려치는/소낙비"의 고통스러운 현실을 통과하고서야 "뜨거운 밥"이 되는 이유가 바로 여기에 있을 것이다. 남미에서는 너무나 일상사인 무더위와 소낙비가 제공하는 그 고통스러운 일상을 감내하고 넘어설 때, 가난한 이들에게는 꼭 필요한 '뜨거운 밥'이 되는 이 진실 앞에 시인은 마주 서 있는 것이다.

　　폭염을 향기로 바꾸는
　　뼈의 헌신

뼈조차 녹아 알몸만 남은…

절망을 열매로 바꾸는

영혼의 소신

한 줄기에

수백 개 희망을 키워 주는

자연은 말이 없다

「바나나」 중에서

어쩌면 정글이라는 자연은 피상적으로 볼 때 그 속에서 살아가는 사람들에게 크게 노력하지 않고도 풍성한 먹거리를 마련할 수 있는 곳으로 보일 수도 있다. 그런데 시인은 자연이 주는 그러한 열매들이 결코 쉽게 생겨난 것이 아님을 명확하게 보여 준다. 삶의 자리가 주는 "절망"들을 "뼈조차 녹이는 알몸"으로 던져 넣는 진정한 헌신을 통과해야 만이 자연은 가난한 이들이 먹고 힘을 얻어 "한 줄기에/수백 개의 희망"을 키워 나갈 수 있는 열매를 만들어 내는 것이다.

이것은 남미라는 자연 속에서 살아가는 이들의 삶에 대한 시인의 인식이요 은유일 것이다. 가난하고 힘겨운 삶들이 넘쳐나는 곳이지만, 그 가난이나 고통이 삶의 몰락으로 연결되는 것이 아니라 그것을 넘어서서 아름다운 열매를 맺어가는 아름답고 향기로운 삶들이 열어 가는 은유의 세계. 현실은 만만하지 않지만, 그러한 현실 앞에 마주 선 시인의 시선은 오히려 그 너머에 존재하면서 그 세계를 아름답게 물들이고 있는 것을 향해 열려 있는 것이다. 오히려 그곳에서 발견한 그것으로 시인은, 막다른 골목에 다다르고 있는 우리 시대의 삶의 방식에 대한 하나의 대안을 찾아낸다. 가난하고 피폐해진 남미의 인디오들이나 카리브 해협 크리올들의 삶 속에서, 부유하고 발전한 사회 속을 살아가는 이들에게서는 발견하기 어려운 삶의 긍정들을 읽어 내는 것이다. 이는 모든 것들이 넘쳐나다 못해 낭비되고 버려지는 풍요의 세상을 살면서도 만족하거나 행복해 하지 못하는 우리네 삶에 대한 또 다른 간접적인 비판인 것. 시인은 오히려 그곳에서 인류의 새로운 길을 찾을 수도 있다는 희망을 발견하는 것이다.

시인이 발견하는 희망은 이들의 삶 속에 강인하게 내재되어 있는 끈질긴 생명력이기도 하며, 하나님 앞에 순수하게 서는 이들의 삶에서 찾아내는 순전한 신앙의 아름다움이기도 한 것. 선교 현장에서 만나는 다양한 삶들 속에서 시인은 이 무기력한 세대를 일깨울 수 있는 새로운 삶의 에너지를 찾는 것이다. 지진으로 무너진 아이티

의 폐허 속에서 찾아내는 새로운 희망이 바로 그러한 에
너지의 한 양상이다.

거리에선 대화가 혼돈되고
사람들은 카오스를 외치지만
크리올, 이들의 언어는
힘겹게 카리브의 바벨탑을 넘는다

새벽에 일어나 기도하는
아이티 사람들 -
대성당 앞 낡은 천막을 치고서라도
불어로 공부하는 어린이가 있고

분노 대신 웃음으로
구두 통을 든 어린이가 있는 한
아이티의 새벽 달빛은
외롭지 않다

「아이티 달빛」 중에서

강력한 지진으로 전 세계의 이목을 끌었던 아이티의
처참한 지진 현장에서, 시인은 절망을 딛고 오히려 한 줄

기 희망을 발견한다. 대통령 궁마저 무너지고 사회의 모든 것들이 혼돈에 빠져서 정상적이고 편안한 삶이 불가능해져 버린 공간 그래서 모든 것이 피폐해져 버린 공간 속에서도 시인은 그러한 현실을 뛰어넘는 밝은 이미지를 발견하는 것이다. 지진이 발생하자, "각하는 사라져 등을 돌리고/정부도 없이 바다 위에 떠도는" 아이티의 정치적 현실과 "병원도 복구 시설도 부족한 피로 멍든 섬"이 되고, 탈옥자들의 약탈과 강도떼와 전염병이 넘치는 거리가 되어 버린 힘겨운 현실의 장벽(「형제여 자매들이여」 중에서) 속에서도, 오히려 시인은 이들 속에서 발견한 하나님을 믿는 순전한 믿음을 통해 새로운 희망의 세상을 열어가는 것이다. 파리에서 유학 중이던 딸 윤에스더(현, 리옹 국립음악원 교수)가 돌아와 거제시 문화예술회관과 서울 금호아트홀에서 "아이티 돕기 플루트 자선연주회"를 열었던 것도 이런 맥락에서이다.

"새벽에 일어나 기도하는/아이티 사람들"이 있고, "낡은 천막" 앞에서도 공부하는 어린이가 있으며, "분노 대신 웃음으로/구두 통을 든 어린이"가 있는 한 "아이티의 새벽 달빛"은 외롭지 않을 수 있는 것이다.

시인의 눈에 비친 남미의 가난한 삶은, 조금 확대되면

벽에 부딪힌 현대 문명을 위한 새로운 미래를 위한 대안
으로 자란다. 현대인들의 일상적인 삶이 이루어지는 이
도시 공간은 인간 욕망의 최대치를 끊임없이 조장하며
치열하게 자기의 이익을 탐하는 것을 조장하는 공간일
뿐만 아니라, 도덕적인 기준들마저 욕망이라는 제단 앞에
던져 놓기를 강요하는 타락의 공간인 것. 시인은 남미의
정글 속에서 오히려 이러한 타락에 오염되지 않은 아름
다운 미래를 담보할 수 있는 새로운 희망의 한 자락을 보
는 것이다.

　　　문명의 타락을

　　　도시의 궁핍을

　　　외모의 헛됨을

　　　이들은 이미 경험하고 있었다는

　　　말씀의 가르침을

　　　열방에 증거케 해 주소서

　　　나는 부패하였사오니

　　　그 무서운 죄로 인해

　　　이들에게 보내셨으니

열국이 조용해지는 날

아껴 두었던

이들을

돌 위의 돌처럼

한층 사용해 주소서

「인디오의 사명」 중에서

세상은 성탄의 멜로디로

루돌프 사슴 코는 돈에 팔려 가지만

인디오 마을에선

성탄절을 성탄으로만 안다

인디오 목수는

아기 예수의 부친이 목수였다 하면

그냥 목수로 알고

아기 예수의 모친이 동정녀였다 하면

그냥 처녀인 줄로 안다

「인디오 목수」 중에서

이 시들의 이면에는, 문명과 도시가 주는 안락함의 이면에 존재하는 타락과 몰락의 징후를 인정하는 시인의 시선이 깔려 있다. 이는 또한 인디오들을 향한 믿음과 희망이 어디에서 출발하고 있는지를 보여 주는 것이기도 하다. 현대의 자본주의적 도시 문명이 도달한 자리가 결코 인간의 행복을 담보해 주는 자리가 되지는 못한다는 문명사적 시야를 동원하지 않더라도, 우리는 너무나 자주 파괴적이고 바쁘기만 한 도시적 삶에 치여 지치고 피폐해져 가지 않는가. 시인이 바라보는 인디오들의 자연 친화적이고, 순수하며, 순전한 삶의 자리는 이러한 현대 문명에 새로운 유형의 희망을 제공해 줄 수 있는 삶의 방식이 아닌가. 시인의 눈에는 이들의 삶이 현대 문명의 막다른 골목을 넘어설 수 있게 만들어 주는 새로운 희망일 수 있다는 것이다.

이들의 아름다운 삶을 규정짓는 가장 중요한 기준은, 사물을 사물 그대로 인식하고 진리를 진리 그대로 받아들이는, 순수하고 순전한 세계 인식 태도이다. 현대의 자본주의적인 도시 문명 속에서 그 원래의 뜻을 잃어버리고 돈벌이의 수단으로 변질되어 버린 성탄절이, 이 순수한 인디오 마을에 오면 원형의 의미망을 그대로 회복하여 진정한 의미의 성탄절로 다시 태어나는 순간을 시인은 만나는 것이다. 이러한 순수함은 진리 앞에서도 마찬가지이다. "아기 예수의 부친이 목수였다 하면/그냥 목

수로 알고/아기 예수의 모친이 동정녀였다 하면/그냥 처
녀인 줄로" 아는 인디오 목수의 그 순수함이 새로운 세상
을 만들어 내는 힘이 되는 것이다. 세속화되고 자본주의
화 되어 돈의 더께가 덕지덕지 앉은 그런 성탄절이나, 인
간들의 욕망에 의해 타락하고 때가 묻어 더 이상 진리이
기를 포기해 버리고 그저 하나의 말들의 잔치로 내려앉
은 그런 초라한 진리가 아니라, 말씀이 내포하고 있는 의
미를 있는 그대로 순전하게 받아들이고 또 그것을 순수
하게 믿는 인디오 목수의 그 아름다운 믿음 속에서 시인
은 새로운 세계가 열리고 있음을 보는 것이다. 그것이 머
나먼 땅 남미에서 시인이 찾아내는 희망이고 아름다움이
라 할 것이다.

고향 혹은 어머니의 사랑과 그 기억

시인의 이번 시집을 지탱하고 있는 또 하나의 축은 어
머니에 대한 기억이다. 오랜 선교 활동으로 열악한 남미
에 나가 있던 시인의 의식 속에는 '어머니'에 대한 기억
들이 중요한 자리를 차지하고 있음이 분명하다. 이번 시
집에서 시인은 자신의 어린 시절을 아름답게 물들였던

그 포근한 어머니의 사랑에 대한 기억을 자주 들추어 낼 뿐만 아니라 남미의 정글 속에서 만나는 삶 속에서도 그러한 포근하고 아름다운 어머니의 사랑을 만난다. 시인은 이 시집 첫머리에 실린 세 편의 "서시"에서 어머니에 대한 기억들을 보여 주는 시들을 배치하고 있다. 이는 시인의 의식 속에서 '어머니'가 얼마나 커다란 의미를 지니고 있는지를 보여 주는 것이기도 하다.

하늘 업고
산을 안은
저 구부정한 겨울나무

가시 많은 바람
조금도 마다하지 않고
날 위해 다 벗어 주셨던
어머니의 일생

(…중략…)

어머니 편히 앉으실
방석 한번

되어 드리지 못해

하늘 업고

산을 안은

저 겨울나무 바라보며

오늘이나 내일이나

구부정히

다시 업히고만 싶네

「어머니」 중에서

시인에게 '어머니'는 "가시 많은 바람/조금도 마다하지 않고/날 위해 다 벗어 주셨던" 존재, 무한한 애정과 사랑을 베풀어 주신 분, 언제나 다시 돌아가 안기고 싶은 안식의 고향인 것이다. 고향을 떠나 머나먼 사명의 땅을 떠돌수록 이러한 어머니의 따뜻한 품은 더욱 그리워지는 것. 그러한 어머님을 여의고 난 다음에 발견하는 마음속의 빈 공간은 또한 더욱 크게만 느껴지는 것. 우연찮게 발견한 '겨울나무'에서 시인은 그 푸근하고 안온한 어머니의 품을 찾아낸다.

모든 것을 다 떨구고 구부정하게 서 있는 "겨울나무"가 사실은 "하늘 업고/산을 안"고 있음을 새삼스럽게 발견하는 것이다. 그렇기 때문에 시인은 "오늘이나 내일이

나/구부정히/다시 업히고만" 싶은 그 그리움을 느끼게
되는 것이다.

　시인에게 있어서 어머니는 또한 깊은 신앙과 헌신의
세계로 자신을 이끌어 주는 훌륭한 믿음의 선배이기도
하다. 그래서 시인은 어머니를 생각할 때면 "오오냐 내
아들 이제 오느냐/몸은 성하냐? 저녁 먹어야지-"(「어머
니의 음성」 중에서) 하는 천국에서 들려오는 음성을 듣는
다. 이러한 어머니의 이미지는 시인을 끊임없이 육신의
고향과 연결시켜 주고 있을 뿐만 아니라, 영혼의 고향인
천국 또한 연결해 주고 있음을 확인한다.

　　하늘엔 빈 구멍이 많아
　　섭섭함이 없다
　　욕심 쌓일 그릇 하나
　　받쳐 들 선반도 없이
　　비우기는 안성맞춤

　　바다는 가슴이 넓어
　　답답함이 없다
　　시원스럽게 달리는 고기떼

신호등 하나 없어도

스스로 비껴가네

자식을 바라보는

어머니의 눈길이

하늘이며 바다일진대

오늘도 아프기를 포기한

어머니는

맑은 하늘을 열어 주신다

거침없이

바다를 걸러 주고 계신다

「어머니의 하늘」 전문

어머니께서 열어 주시는 그 하늘이 "빈 구멍이 많"다
는 것. 그래서 "욕심이 쌓일 그릇 하나" 놓아 둘 선반도
없어서 "비우기는 안성맞춤"인 하늘이라는 것은 참으로
의미심장하다. 자신의 욕망을 따라 끊임없이 이익을 추구
하며 다른 사람들을 누르고 올라서야 조금이라도 더 쾌
락을 즐길 수 있을 것이라는 왜곡된 신화를 부추기는 현
대의 경쟁적 삶의 방식과는 전혀 다른 방식의 삶을 보여

주는 것이기 때문이다.

모든 것을 꽉꽉 채워서 자기 몫은 철저하게 챙겨야만 그것들을 누릴 수 있을 것이라는 환상을 강요하는 현대인들의 삶의 방식. 그것은 인간의 가치를 근원적으로 훼손하는 치명적인 약점을 지닌 것이기도 함을 우리는 일상 속에서 얼마나 자주 만나게 되는가. 그런데 시인에게 어머니는 그러한 삶이 아니라 오히려 성글고 구멍이 많아 스스로를 비우기에 안성맞춤인 '하늘'이라는 이미지를 가져다 주시는 존재이다.

뿐만 아니라 그 어머니는 "신호등 하나 없어도/스스로 비껴가"는 물고기들이 가득한 바다를 환기시켜 주는 존재이기도 하다. 자기가 세상의 중심이 되어야만 가치 있는 삶을 살 수 있을 것이라는 이기적인 자기중심주의의 강박증에 사로잡힌 현대인들의 극단적 인식 태도는 이러한 '어머니의 바다'와는 전혀 상반된 모습임이 분명하다. 그 많은 물고기들이 각자 자신의 길을 달려가면서도 "신호등 하나 없어도" 시원스럽게 달릴 수 있는 세상 그래서 답답함이 없는 세상을 어머니는 열어 주시는 것이다.

그런데 시인은 이러한 어머니를 시인의 내면에 간직되어 있는 기억 혹은 추억 속에서만 만나는 것이 아니라 남미 오지의 그 정글 속에서도 만난다. 그렇게 만나는 남미의 '어머니'는 비록 단편적이기는 하지만, 고향의 어머니처럼 푸근하고 아름다운 하늘나라를 경험할 수 있게 만들어 주는 그런 헌신과 사랑을 품은 존재임이 분명하다. 가난하고 힘겹게 주어진 삶을 영위해 가야 하는 이들의 삶 속에서도 '어머니'는 그렇게 헌신적이고 그렇게 아름다운 사랑을 자식들에게 쏟아 부어 주는 아름다운 존재인 것이다.

세 아이 거느리고
힘겹게
전설의 철도 얘길 주고받는다
객실 손잡이엔
아직 오후의 더위가
둥글게 묻어 있고

칙칙폭폭 치익포옥
옛 메아리도 없이
긴 호수를 따라
정글로 돌진하는
파나마시티행 디젤 열차

정글은 깜깜하여
흑인 여인의 얼굴을
알아보지 못한다

세 아이는 어미 마음을
아는지 모르는지
등받이에 기대어
평안히 잠들어 있다

「콜론 역 소묘」 중에서

   파나마시티행 열차를 기다리느라 지친 세 아이를 포근
히 감싸 안은 그 흑인 여인의 모습 속에는 시인이 그렇게
아름답게 추억하는 어머니의 기억이 아련하게 묻어 나온
다. 파나마시티를 향해 갈 그 기차는 "긴 호수를 따라/정
글로 돌진"하는 코스를 거쳐야 하는데, 그 길은 결코 밝
지만은 않다. "정글은 깜깜하여/흑인 여인의 얼굴을/알아
보지 못"하는 것이다. 그 여인의 마음에는 그렇게 어두운
미래를 열어 가야 하는 무거운 짐이 어깨를 내리누르고
있는 것. 그럼에도 그 옆에서 세 아이는 참으로 평안하게
잠들어 있어서 대비를 이룬다. 흑인 여인은 그 근심의 무

게를 홀로 감당하면서 세 아이들을 그렇게 평안하게 잠들 수 있도록 지켜 주고 있는 것. 이러한 이미지는 자연스럽게 "하늘 업고/산을 안은/저 구부정한 겨울나무"(「어머니」 중에서)와 같은 어머니의 기억과 겹쳐진다.

어쩌면 이러한 '어머니'의 사랑이 시인으로 하여금 정글을 대할 때 따뜻하고도 강렬한 희망의 시선을 줄 수 있게 만드는 것은 아닐까. 남미에서 만나는 여러 삶들에 대한 그렇게 푸근하고도 희망적인 시선을 가능하게 하는 힘 중의 하나를 우리는 여기서 확인한다.

시인에게 어머니는 그리스도의 사랑을 경험하게 만들어 주는 기억 속 실체 중의 하나였다면, 그 사랑은 남미 현실에서 만나는 많은 사람에 대한 따뜻한 사랑으로 구체화되고 있는 것. 그렇다면 시인에게 어머니의 진한 사랑이 묻어 있는 고향의 포근하고 따뜻한 공간이나 뜨거운 햇살과 폭우가 쏟아지는 열대의 정글이라는 공간이 결코 둘이 아닌 것이다. 진정한 하나님의 사랑은 이런 삶의 자세에서 묻어나는 것이 아닐까. 이러한 자리에 설 때에야 시혜적 사랑이 아니라 한 영혼, 한 영혼을 그리스도의 마음으로 사랑하는 진정한 선교의 시야가 열리는 것이리라. 그러한 사랑만이, 막다른 벽에 부딪힌 우리 시대

의 삶에 마주하여 새로운 희망의 미래를 열어 줄 수 있는
메시지가 되는 것은 아닐까.

이미지 속에 그려 넣는 사랑과 희망

이번 시집에서 발견하는 또 다른 중요한 요소 중 하나
는 이미지의 효과적인 사용이다. 사실 현대시에서 이미지
의 중요성은 너무나 당연한 것이기도 하다. 그런데 이러
한 이미지를 자신의 시 속에서 선명하고 유용하며 효과
적으로 활용하는 문제는 분명 다른 차원이라는 점을 지
적할 필요가 있다.

어쩌면 오늘을 사는 우리는 우리 주변을 완벽하게 점
령하고 있는 듯한 이미지의 홍수 속에서 길을 잃고 헤매
는지도 모르겠다. 다양한 대중매체들은 끊임없이 이미지
들을 쏟아 내며, 광고나 동영상, 영화와 같은 영상들은 너
무나 쉽게 우리의 시선을 빼앗아 가고 있다. 그러한 이미
지의 홍수 속에서 쓸 만한 이미지를 찾거나 창조하여 자
신의 사유와 영성을 적정하게 담아내는 것은 오히려 더
어려운 일이 되어 버린 모순된 상황에 우리는 처한 것이
아닐까.

윤 시인이 그의 시작을 통해 보여 주는 이미지의 효과적인 활용은 바로 그러한 면에서 상당한 의미를 지닌다. 그의 시는 다양한 이미지들을 적극적으로 사용하고 있는데, 이를 통해 시인은 시적 대상이 되는 사물이나 사람 혹은 사유나 감정들을 효과적으로 전달하고 있는 것을 볼 수 있다. 시인은 시적 대상이 되는 사물에 대한 묘사를 통해 자신의 정서와 사유를 명징하게 담아냄으로써, 이미지를 성공적으로 활용하고 있는 것이다. 이것은 그의 시가 가지고 있는 또 다른 특징 중의 하나인 짧은 시행과도 많은 연관성을 지닌다. 그의 시는 많은 말을 주절주절 풀어 놓는 것이 아니라 정제된 이미지들을 짧은 시행 속에 압축적으로 제시하는 시들이 대부분인데, 이러한 특징을 통해 우리는 이미지에 대한 시인의 지대한 관심사와 효용으로써 시적인 표현의 아름다움을 얻고자 하는 시인의 시작 방법을 확인하게 된다. 그리고 이러한 시도는 상당히 효과적으로 작동하고 있는 것이 사실이다. 이미지의 사용과 관련된 이러한 측면은, 시인이 중요하게 생각하는 시어의 개성과 인식 과정에서 정지용 혹은 김현승의 이미지 사용법과 맞닿아 있다. 시인 스스로 이 두 시인의 시 세계를 추구하고 있음을 내비치고 있는 바, 그 영향을 발견할 수 있는 것이다.

누군가 옥천 생가에 갖다 놓은 쇠 화로
화롯가엔
할아버지, 형제, 친구가
삼위일체로 도란도란

오늘은
얼룩빼기 황소 한 마리 앉아
화롯가 파란 모더니즘에
손을 쬐고 있다

화로 안의 질화로엔 여전히 불씨가 타오르고
질화로의 재는 식어 냉혹했던 시대를 품는다

「정지용 생가-질화로에 재가 식어지면」 중에서

무등산 돌비에 새긴 눈물을 만나면
　그대의 가장 나아중 지니었던 것
　　소유물 중 가장 온전했던 것

먼 하늘빛 넥타이엔

명징한 눈물이 떨어지고

시인들은 슬픔도 기쁨도 아닌

언어라는 신성한 보석을 캔다

그대 절대 고독은

흰 물거품이 일어나는 백조

남미산[産] 까페에

라그리마 한 방울 떨어진다

「무등산의 눈물 –김현승」 중에서

이 시들을 통해 우리는, 시인이 정지용과 김현승에 대해 어떠한 감정을 지니고 있는지를 확인하게 된다. 정지용의 시 「향수」와 김현승의 시 「눈물」에서 사용된 이미지들을 주로 사용한 두 시편 속에서 우리는, 저명한 시인의 시에 부여되어 있는 유명세에 기대기 위한 얄팍한 패러디가 아니라 그 선배 시인들의 시정신과 인간성에 대한 진한 그리움과 경외의 마음을 읽을 수 있게 되는 것이다(윤 시인은 「상록수 문단」을 통해서 니카라과의 문호이며 남미 모더니스트의 선구자였던 "루벤 다리오"에 대한 비평을 쓴 바 있다). 그리고 그들의 시 세계가 보여 주었던 이미지의 효과적인 사용 방법을 더욱 발전시켜 나가고자 하는 시인의 시작 태도 또한 확인할 수 있다. 이러한 시작

방법에 대한 관심은 이번 시집에서 선명하고 효과적인 이미지 사용을 통해 발전적으로 드러난다.

당신은 하스민
부드럽고 향긋한
하스민

여름 무더운 날
파란 내 마음을 삼키는
시원한 빗소리

당신 손발은 부드러운 꽃받침
당신 가슴은 향긋한 꽃술
아무리 보아도 싱싱한
여름날 숲 속의 하늘빛 -

당신은 하스민
언제나
부드럽고 향긋한
민중 속의 하스민

「여름날의 하스민 Jasmin 1」

"주님께 드리는 기도"라는 부제를 달고 있는 이 시에서 우리는 재스민 꽃을 선명하게 묘사하는 시인의 시작 과정을 살필 수 있겠다. 시각뿐만 아니라 후각과 촉각, 청각 등 다양한 이미지들을 효과적으로 사용하고 있음을 볼 수 있다. "부드럽고 향긋한/재스민"과 같은 장면에서 나타나는 촉각이나 후각뿐만 아니라, "파란 내 마음을 삼키는/시원한 빗소리"와 같은 시행에서 보는 시각이나 청각 같은 것이 바로 그러하다. 이러한 이미지들은 재스민과 그것이 자리하고 있는 배경으로서의 남미의 숲 속과 자연 사물들의 깨끗한 이미지들을 얻게 되는 것. 거기다 시인은 이러한 이미지의 단순한 제시에 그치는 것이 아니라 풍성한 의미 망을 이 이미지 위에 덧입히고 있다. 재스민이 그저 열대 밀림 속의 것만이 아님을 우리는 "민중 속의 재스민"이라는 통찰을 통해 읽을 수 있게 되는 것이다. 즉 이미지가 객관적인 묘사로 그치는 것이 아니라 풍부한 사유의 진폭을 가지게 만드는 것이다.

여기에는 자연 사물들에 대한 차가운 묘사를 넘어서는, 남미 정글에 대한 시인의 따뜻한 시선이 자리 잡고 있음이 분명하다. 어쩌면 윤 시인의 이번 시집에서 발견하는 가장 중요한 요소는 이러한 시적 대상으로서의 남미 정글과 남미의 사람들 그리고 그 자연에 대한 따뜻한 시선이 아닐까. 이번 시집 제목이 보여 주듯 자칫 차갑게 가라앉았을 수도 있는 이미지에 따뜻함을 불어넣는 것은, 쉽지 않은 삶의 현장을 힘겹게 살아가고 있는 인디오 부족들을 바라보는 시인의 애틋한 시선 때문일 것이다. 정글 현장에서 만나는 여러 생명들을 그저 차가운 대상으로만 지나치는 것이 아니라 함께 호흡하고 함께 살아가는 사람들로 만나고, 한 걸음 더 나아가서 하나님의 따뜻한 사랑으로 그들과 삶의 시간들을 함께 공유하는 자리에 서 있는 시인을 우리는 여기서 만나는 것이다. 이 시집이 우리에게 주는 감동의 깊이는 곧 이러한 따뜻함 혹은 사랑의 깊이로부터 말미암는 것임이 분명하다. 그 사랑이 시적 대상으로서의 여러 사람들과 사물들 속에 그리고 이미지들 속에 효과적으로 녹아들고, 형상화를 입어 우리 앞에 펼쳐지고 있지 않은가. 이런 점들이야말로 우리가 윤 시인의 시를 신뢰할 수 있는 증거들이다.

차례

첫 번째 만남: 인디오 시편

두 번째 만남: 정글의 영혼

세 번째 만남: 어머니와 고향 유정

네 번째 만남: 기억의 섬

다섯 번째 만남: 아이티 달빛

다섯 번째 시집을 내며

시는 한 편의 작은 성육신이다.

보이지 않고 들리지 않던 것에 생명을 붙여 준다. 언어와 인간 사이엔 거리와 변화가 항상 따른다. 몸을 입은 시는 시대 환경과 더불어 멍에를 지게 된다. 그렇기에 행동하는 삶의 자리가 없다면 시의 자리도 사라지게 될 것이다. 자동차 제조공이 부품을 맞추듯이 낱낱의 이미지를 표현함이 애초부터 멍에이다. 그러나 자동차 조립의 메커니즘을 시에 적용할 수 없으니 제조공 비유는 맞지 않을성 싶다.

나는 최근 3년 동안 라틴 파나마 열대 정글에 있었다. 그곳 차그레chagre 강가 부족민들의 영혼과 함께 살았다. 의료진도 몸값도 시간에 대한 수당도 없는 곳. 낮엔 맹렬한 태양에 노출되고 밤엔 밤 독충에 물리면서, 우기 땐 고스

란히 비를 맞아야 하는 우림의 환경이었다. 누에가 뽕잎을 먹어 은실을 토하고 도마뱀 꼬리에서 금실이 반짝이듯, 나의 시도 태양에 취했는지 언어의 실로 되살아난다.

제5시집 『슬픈 망고』는 이렇게 싹트기 시작했다. 맛있는 망고가 왜 슬픈가? 당신은 망고가 열리는 땅에 살아 보았는가? 망고는 가난한 대지와 굴욕의 상징이다. 그 땅에 사는 인디오들의 짓밟힌 역사는 더 슬프다. 흙에 버려져 밟히는 납작한 씨를 보노라면 끈질긴 과육이 묻어 있어 매끈하지 못하다. 톡톡 튀는 개성도 어떠한 현대 문명도 찾아볼 수 없다. 망고를 가리켜 내일의 희망이니 램프이니 하는 말은 모두 외부에서 동정한 별명에 불과하다.

당신은 망고 한 개로 양식을 대신하는 영혼을 보았을 것이다. 다이어트가 아니다. 파란 돌덩이가 거봉 속살만큼 익도록 얼마만큼의 태양 광선이 통과하면 될까? 태양은 사물의 피부를 파고들며 몸서리치게 만든다. 그렇게 망고가 익어 가는 정글에 시인이 함께 살다 온 삶의 자리를 열어 놓는다.

序詩 1 항아리의 노래

-이순에

할머니께서
평생 기도하시니
천국 항아리가 찼다고 했다
얼마나 기도했으면…

향기는 향수 면세점보다
할머니 무릎 위에 차 있었다

주일학교 아이가 기도하니
항아리엔 차랑차랑 굴렁쇠 부딪치는
소리가 난다
아, 언제 다 채우려나
들리지 않는 공간의 벽이 너무 크다
저 또박또박한 피리 소리

고요해질 때까지

내가 기도할 때

항아리엔

보다 고귀한 파수꾼의 눈물 흐르고

나이 이순이 될 제

감각이 아닌 소리 없는

곡조로 들려온다

序詩 2 빈 상자와 상상력

상자를 그리지 말라

상자 속에 든 물건도 그리지 말라

세상 이미지는 모조품

그저 타인에게서 빌려 온

순간의 원터치일 뿐

새벽에

속이 빈 상자를 보며

상자 속에 자라는

양 한 마리 지켜 본다

언어가 없는 상자 속

안락하진 못해도

생텍쥐페리*는

오순도순

어린 왕자와 얘기한다

왕자는 비로소

그려지지 않은 양을 보고서야

아이콘이 없음을 깨닫고

안심했다

* Antoine Jean-Baptiste Marie Roger de Saint-Exupéry.

序詩 3 어머니

하늘 업고
산을 안은
저 구부정한 겨울나무

가시 많은 바람
조금도 마다하지 않고
날 위해 다 벗어 주셨던
어머니의 일생

옛집을 찾아
강물 방천에 서 본다
그 하늘
그 산은
여전히 아련한데

방축을 쌓았던 철사 줄은
땅 속에 묻혀진 거울 되었네

어머니
수의를 입혀 드리던 날
달빛에 흰 깨를 터시던
연약한 허리

그 그리움 사무칠 줄
그때 다 몰랐지만
지켜 드리지 못했던
내 손길이
어머니 편히 앉으실
방석 한번

되어 드리지 못해
하늘 업고
산을 안은
저 겨울나무 바라보며

오늘이나 내일이나
구부정히
다시 업히고만 싶네

비오는 차그레 강

인디오 춤을 구경 삼아
영국에서 온 찰스 리고베르트

윗옷을 벗어 던진다

출렁이는 앞가슴에
알록달록 전통 치마를 두르고
북을 치면
다 인디오 자매들 춤인가?

처절한 노동이 무거워
티샤스를 벗고
온 몸에 검은 나무 씨앗으로
페인트칠을 하면…

아직도 저런 원시인이 있냐고
'아마존의 눈물'이 저런 것이라고
불쌍하다며 –
신대륙 오백 년 문화를 아는 체
속아 넘어가는 영국의 관광객

그들은 다시 카누를 저어
강 하류로 건너온다
기다리던 버스를 타고
호텔에 도착할 즈음
차그레 강엔 눈물인양 비가 내린다

인디오 형제는
평상복으로 갈아입으며
움막 안에서
어두워진 저녁 촛불을 밝히고 있다

슬픈 망고 un mango triste

내 몸이 익으려면

산호 빛 무더운 하늘이

내려와

날 깨워 주어야 해요

망부석 굳은 몸이 익으려면

시퍼런 피부를 후려치는

소낙비가 내 대신

울어 주어야 해요

태양은 옷을 벗은 채

붉게 탄 근육으로

유혹하고

나는 태양의 빨랫줄에 걸려

한 가닥 긴 머리카락을
늘어뜨리며 운명인양
대지의 열기를 지켜야 해요

바람기 없는 날,
갈 곳 없는
사람들이 지나가는
가난한 길목에서

내 심장은
그늘처럼 우뚝 서
뜨거운 밥이
되어 주고 있어요

망고 꽃 la flor de mango

망고 나무 아래서
구약성경을 읽는다

망고 나무 아래서
성경을 읽으면

가지에 새순이 돋아나고
꽃잎은 피고 지고
그루터기 한층 거칠어진다

사철을 하루에
다 보여 주는
둥근 망고 나무 아래서
전도서를 읽는다

이클리시에스티즈

1장을 넘기면

꽃은 무수한 투창으로

죄인인 나를 겨누고…

망고 꽃에 찔린

나의 영혼에도

가난한 망고 꽃이 핀다

망고 그늘 bajo la sombra del mango

당신은 혼자 있어도
이미 푸르른 숲입니다

나이 든 가지들은
한사코 젊은 가지들을 치켜세우며
멀리 바라보라고 말씀합니다

스페인 병사들의 총칼에 숨진
인디오 마을의 슬픈 얘기를
새 가지들은 모르지만
당신은 언짢아하지 않습니다

낮은 데로 열매를
내려 주느라 긴 허리를 굽혀 주어도

발목에 피멍이 든 당신은

자신의 자리를 지켜 줍니다

열매 그득히 안은

신선한 소나기가 내리칠 때면

당신은 그림자를 접고

가을이 없는 가혹한 대지 위에서

여름의 향기를 발하는 당신은 누구입니까?

검은 광대뼈가 나온 뿌리들이

넓은 대낮에 춤을 춥니다

자신의 뿌리에

타인을 위해 그늘을 만드는

당신은 누구입니까?

강 건너 사람들

황토 빛 차그레 강을 건너면
빅토리아 로렌소
인디오 마을이 나온다

하늘인지 강인지
길고 널따란 강물 위로
카누를 타고 건너는
어머니와 아들

무슨 얘길 나누는 것일까?
어머니와 아들 -
갈색 얼굴에 검게 탄 손가락
쫓기는 것도 아닌데
손을 꼬옥 잡고 건너간다

더위가 한창 지난

해거름 강변에

어머니와 어린 아들이

뒷모습으로 걸어간다

진창의 길도 마다 않고

전깃불도 없는 집으로

두 손엔 벌써

교류전류가 흐른다

자전거도 없고

찻길도 없는 강변을

무슨 얘길 나누며 가는 걸까?

여인의 등엔

내 어머니 어깨를 비췄던

고향의

하얀 햇볕이 남아 있었다

인디오 목수

돌을 깎지 못해도
호숫가 나무를 베어
톱으로 켜면
금시 겸허한 기둥*을 만들어 내는
인디오 목수

세상은 성탄의 멜로디로
루돌프 사슴 코는 돈에 팔려 가지만
인디오 마을에선
성탄절을 성탄으로만 안다
인디오 목수는
아기 예수의 부친이 목수였다 하면
그냥 목수로 알고
아기 예수의 모친이 동정녀였다 하면

그냥 처녀인 줄로 안다

과푸르부스 나무를 베어 오는 날
온 공동체 사내들은
땀과 힘을 모아
같이 나르고

인디오 목수는
자기자신이
목수인 줄로만 알고 있다

* 기둥: 열대의 야자수 잎으로 지은 집(보이오/bohio)의 목재 기둥을
   말함. 이 기둥은 과푸르부스나 쎄드로 나무로 세운다.

인디오의 사명

주여,

이들에게 문명을 주지 마소서

주여,

이들에게 도시를 주지 마소서

부족들에게

아직 왕이 없어도

주께서 이미 왕이시오니

왕국을 허락지 마소서

하지만

주여 –

한 60년 후

이들을 사용해 주소서

문명의 타락을

도시의 궁핍을

외모의 헛됨을

이들은 이미 경험하고 있었다는

말씀의 가르침을

열방에 증거케 해 주소서

나는 부패하였사오니

그 무서운 죄로 인해

이들에게 보내셨으니

열국이 조용해지는 날

아껴 두었던

이들을

돌 위의 돌처럼

한층 사용해 주소서

엠베라 소년

카툰 호수 상류엔
야자수 잎으로 지은
인디오 소년의 집이 있다

파나마 갑문이 열리고 닫혀도
소년은 상관할 바 아니다

사람들이 갑문을 열어
어느 세상으로 가는지
거대한 상선이 운하를 지나
무엇을 하는지
알지 못한다
조그마한 카누에
나를 싣고

호수 깊숙이

목적지 공동체로 들어가면

그뿐이다

소년이

문명을 배워 유럽으로 가든

유럽으로 가 문명을 익히든

자신의 전통을 눈앞에 두고

어느 것이 나을지 나도 모르면서 –

내가 교육받았다는 것이

이 소년과 무엇이 다른가?

나는 엠베라 소년의

검은 뺨에 부딪치는

황토색

물방울만 마시고 있다

엠베라 부족의 부활절

초조한 봄도

외로운 가을도

잡목들을 차갑게 잠재우는 겨울도 없이

슬픈 열대 새벽에

닭이 웁니다

정글도

베드로의 마음을 아는 지

가슴 치며 닭이 웁니다

통곡 소리는 메아리쳐

인디오 부족은 이내 아침을 깨웁니다

우아하진 못해도

솔로몬 왕이 마음을 빼앗겼던

슬기로운 갈색 처녀들이 여기도 있어
부활절
성자의 열린 무덤을 들여다 봅니다

엠베라 부족은 그리스도의 신부
아침 일찍 치차^{chicha} 차를 만들며
다시 사신 신랑을 기다립니다

갈대를 들고 머리를 치던 사람
신 해융을 입술에 갖다 대던 사람
손과 발에 대못을 박던 사람
창으로 허리를 찌르던 사람
아아 - 차마 못할 짓

연약한 몸의 홍포를 벗기던 군병도

채찍을 거두고
고요한 정글의 교회 앞
부활 찬양 속으로 걸어갑니다
빈 무덤에 놀라 환호를 지릅니다

쿠나 ^{Kuna} 부족의 여인

- 코걸이 전설

족장이 사냥터에서
집으로 돌아온 날
어린 아내는
젊은 사내와 함께 있었다네

화가 난 족장은
젊은이를 영원히 추방시켰지

마음이 풀리지 않은 족장은
금을 녹여
둥글게
화를 녹여
둥글게
아내의 작고 예쁜 코에

안심하는 표로 걸어 놓았지

그녀가 얼마나 예뻤는지
우리는 모르지만
요즘보다야 더 자연스러웠겠지…

그 후부턴 마을 여자들
결혼만 하면
코를 뚫고
금을 녹여
코걸이부터 하고 다녔지

아이들도 덩달아
소처럼
그렇게 하고 싶었지…

열대의 비 1

정글 속
망고 나무 아래로
더운 비가 내린다
호수 위론
환상이 지나가듯 오리들이 헤엄치고
주변엔 시끄러운 소나기 소리

더위도 견디기 어려운지
두 손으로 이마를 닦는다

　이겨야 하는가?
　참아야 하는가?
　피해야 하는가?
바람마저 어찌할 수 없어

고무나무에 엉겨 붙는다

독충이 쏘는 따가운 햇살에 중독된다

검게 타들어 가는 살갗

검게 달구어지는 종아리

빗물은 이내 먹물이 되고 있다

열대의 비 2

아내는 어릴 적
동네 아이들이 수군거리는 귓속말을 들었다
백문둥이라고 했단다

새하얀 도라지 피부가
검붉게 타들어 가는 잔혹함
(한국 사람 누군가 "썬크림 바르지" 한다)

멜라린 색소는 뜨거운 고혈압을 앓고
열대 태양은
아내의 순결했던 살결 곁에
앙큼하게 머문다
수풀 엉겅퀴에 걸린 암탉들도
핏줄이 돋아나

산란한 울음으로 울부짖고
예배 처소 붉은 십자가도
불빛 없이 깜깜해진다

차가움은 아무 데도 없다
십자가 탑에 충혈된 빗물 –
냉장고 하나 없는 정글에
열대는 건조한 입을 벌린 채
더운 빗물만
목구멍에 받아 마시고 있다

엘 도라도

평생 먹을 황금과
평생 마실 강물을
남쪽 아르헨티나에서 찾으려 했던 사람들…

강은 나쁜 습관을
대지는 탐심에 배어
성당엔 성인들로 가득하고
그들의 뼈는
도시의 죄악을 부축이고
도시의 죄악을 잠재운다

검은 전설과 하얀 전설*은
동해안의 독도처럼 무거운 짐을 지고
힘겹게 걸어가는

역사의 현장 부에노스아이레스

식민지의 총과 칼은

물결에 밀려 강물은 말이 없고

이름 모를 새들만 모여

흑빛 눈부신 퇴적물 사이에서

스페인 왕정의 죄악사를

회개하라 외치고 있다

---

* 검은 전설(라 레젠다 네그라 La leyenda negra), 하얀 전설(La leyenda blanca): 유럽 특히 스페인 역사에서 스페인 군대가 인디오 부족민 들에게 범했던 잔혹한 행위와 반종교개혁을 표방하며 종교재판소 를 통해 극단의 배타성을 나타냈던 데에 대한 역사 인식의 논쟁거 리를 말함.

정말 그랬을까? 할 정도의 있을 수도 있고 없을 수도 있는 반신 반 의하는 안개 속의 태도를 검은 전설, 그에 반해 만행이 확실했음 을 증거할 때 하얀 전설이라고 항변함. 정사를 야사로 취급하려는 역사적 논쟁.

바제스타 섬에 가면 ^{yendo a la isla Ballesta}

바제스타 섬에 가면
하늘은 닫히고
바닷새들이 구름이 된다

갈매기들 떼 지어
바다사자를 옹호하고
먼 남극에서 이민 온 펭귄은
이마에 훔볼트해류*의
하얀 띠를 두르고
돌아갈 날만 기다리고 있다

바제스타 섬에 가면
윤기 나는 검은 털을 말리며
바위틈에 비스듬히 누워

천기를 누설하는 물개가 있다

　햇볕에 젖은 갈색은 맑음 -
　광택에 빛난 검정은 다습 -

바제스타 섬에 이르면
새들은 다른 언어로 말한다
말 못하는
펭귄만 홀로 외롭게
집을 짓지 못하고
동굴 입구에 기대어
잃어버린 바다를 그리워 한다

파도에 부리를 씻던
바다갈매기 한 마리가
다른 갈매기를 따라가
가장 부드럽게
입을 맞춘다
E-메일을
주고받았는지
언제 정이 들었는지

말 못하는 이는 알 수가 없다

바제스타 섬에선

새들도 향기로운 레몬이 든

세비체**를 즐기고

앞서거니 뒤서거니

저리도 자유하건만

뱃길 수 만 리 저편

후지모리는

무슨 꿈을 꾸고 있을까

* 훔볼트(Homboldt)해류: 일명 페루해류. 엘니뇨 현상이 시작되는
  곳.
** 세비체(Ceviche): 아침과 점심 때 먹는 페루인의 대표적인 전통 해
   물 요리.

나스카* 라인 Linea de Nazca 1

머리에 새겨 둘 것과

가슴에 품어 둘 것을

통찰하기까지

우리는

나스카 라인을 알지 못했다

얼굴은 곡선

날개와 팔다리는 수직으로

지평선에 맞춘

그것은

기억에만 남겨 두어야 할

쓸모없는 지식에

불과하다는 걸…

뭐지 모르고
지나친 것들이
아련한 문양으로
정체를 드러내는
신비한 만남들

우리들 만남도
이러하리라

---

* 나스카(Nazca): 케추아어^語로 건조, 목마름, 사막을 뜻한다. 나스카
시대 이전엔 "나나 나스카"라 불리었다고 한다. '갈증의 아픔'이
라는 뜻이다.

나스카 라인 Linea de Nazca 2

나스카 사람들은

아침 일찍 일어나

흙 위에 뚫린 선을 따라

조깅을 했다

그들은 온 우주가

흙으로

충만하리라 생각했다

흙은 비를 부르지 않아

산업이 없어도

흙은 바람을 부르지 않아

방향이 없어도

나스카 사람들에겐

강보다

흙이 영토였다

비와 바람은

자신의 것이

아니었으므로…

.

난초 1
– 이브의 꽃

자신이 생각한 대로
자라 가는 지절^{志節}한 수줍음이
오랜 춤으로 머물라고

창조주가
세상에 보내 준 꽃

계율 따라 죽죽 뻗은
마지막 자태가
반점 하나 없는 영초로다

당장 열매를 내놓지 않으나
방심하는 봄바람도
훔쳐 갈 수 없는

굳세고 보드라운 꽃대

레바논 골짜기에 핀
나도초 향이 아니더라도
수천만 시선 앞에서
상처 주지 않는
묘연한 만남으로 피었네

오랜 영성이 쌓여
눈물 없이
스스로 향기를 바쳐 온
이브의 꽃이여

아 –
꺾지 말아야 할 것을

난초 2
– 아담의 꽃

아담이

잠에서 깨어나

가장 처음 보았던 대상

이브, 이브

이름,

벌거벗음,

한 몸,

선악을 알게 하는 나무의 실과,

무화과 이파리, 이파리

아픈 곳을 가리고…

그대 눈에도 보기에 좋았던

이브의 정체,

동양란

동양 매화

동양 송화

동양 대나무꽃

동양 장미, 동양 수련, 동양 봉숭아…

아직 불순종하기 전

아직 잡종 교배가 시작되기 전

에덴 산^産

난초

토종이 아니던가!

난초 3

— 에덴의 꽃

막

천지창조가 끝난 에덴동산에*

아직 안개가 운행되고 있었을 때

지면엔 초목이 전혀 없었네

하나님이

아직 아담을 만들기 전

생각만 해도

생각만 해도

보시기에 좋았던 꽃

난초

장미

연꽃

물론 다른 꽃들은

물안개 다 걷히고서야

그 형상들이 드러났겠지 …

* 창세기 1장 29-30절, 2장 5절.

천 개의 별

마구간 안으로 천 개의 별이 들어왔다
거룩한 우윳빛 밤이 파도치는
작은 카리브 섬에
아기 예수를 따라 동방에서
서방으로 달은 떴다

이 세대에도 동방박사가 있다면
천 마리의 낙타와 천 개의 예물이 필요하리라
그러나 박사들이여 기억하라
처녀가 낳은 구주는 오직 한 분이심을…

그곳은
높고 쾌적한 호텔이 아니었다
2리터 물 2통으로 하루를 살고

샤워를 미루어야 하는

해먹 기둥에 걸려 흔들리는 코코넛 밭이었다

낮엔 힘센 햇볕에

팔뚝과 정강이뼈가 검게 타들어 가고

밤엔 천 개의 별들이 내려와 이불을 덮어 주는

원시의 피난처

사건만 터지면

확 하고 모여드는

기자회견 같은 건 없었다

강과 소년

강가에 있던 아이는
수채에서 흘러나온 쓰레기가
홍수 물에 무사히 떠내려가기를
기다리고 있었다

그런데
수초에 걸린 쓰레기 덩이 하나가
힘도 없는 수초에 걸려
서로 엉겨 맴돌고 있을 때,
아이는 들어가 걷어 주지 못한 채
마음에 걸린
죄악 하나가
아직도 마음속에
맴돌고 있을 때,

아이는 엉엉 울어 버렸다
꿈인지도 모를 이 일이
아이에겐 이른 아침에 일어났던
생생한 기억이었다

바람이 만나는 곳

당신은 섬을 발견한 태양
당신은 섬을 적시는 비
당신은 섬을 감싸는 달빛

바람이 섬을 만나면
당신의 아름다운 몸매는
수평선 위에 파도치고
바람이 주고 간 꽃잎으로
재스민 술을 빚는다

바람이 만나는 곳
꽃은 향기롭게 만발하고
은밀하고 옴팍한
부드러운 침대엔

즐거운 밤이 시작된다

당신을 정복한 날
당신은 모든 뼈마디를 열어
지상의 꿈들을 영접한다

내게 아낌없이 바쳐 온
불멸의 꽃이여
당신의 가냘픈 절정으로
나는 밤마다 당신을 마신다

아마존의 두 얼굴*

순수한 오지와

원시와 야생이

밀림 속 어두운 동굴처럼

함께 숨 쉬고 있는 줄 믿었다

'종의 기원'이 완성된 적도 선^{線}

갈라파고스^{Galapagos} 제도보다

더 깊숙한 두려움의 강가에

여전사들 거친 악어가죽 끈으로

앞가슴을 감싼 채

창을 들고 횃불을 들고

자신의 종족을 지키고 있을 것이라

생각했던 그곳에 -

그것은 영락없는 오류였다

야망에 들뜬 17-8세기는 지나가고
화전민, 벌목꾼, 정치꾼, 도시 창업자들이
터전을 닦고 빌딩을 세우고
방랑자들의 맘몬^{mamon}*과 모네타^{moneta}**가
어우러져 오염되어 사는 곳

인디오 부족들은 혈통을 지키기에 다급해
정부가 보호를 해야 하는
아이러니 경지에 이르렀다

선교사 하나 둘 셋… 각자의 미션 따라
청렴하게 들어오고
스물넷 스물다섯 계속 들어오기 시작했다

언제부터인가 미움과 경영과 허상이
이들 사이에 일어나고
수다스러운 촬영자들이 얼씨구나 드나든 이후
숭고했던 소명도 상품이 되어
의도된 소명마저 둥지를 트는 곳

아마존은

진정 복음을 필요로 하나
두 얼굴을 갖고서 한 배에 오른다

복음을 든 자의 허파에
숨어 호흡하는 사탄이
더 무질서한 모습으로
서로를 경계하고 있는 것이다

차라리, 정령숭배자들의
목적 없이 떨리는 손가락과

방언하는 영매들이 어줍게 병을 고치던
연약한 음성과
각종 지역 신ᵖ들의 오갈 데 없는
신음 소리가
오히려 온순하단 말인가?

* 노트: 2009년 8월, "제6차 라틴아메리카 선교전략회의"를 섬기면
서 눈물 흘리며 보았던 아마존 현실 소묘.
** 맘몬(mamon): 아람어로 재물, 돈의 신. 마태복음 6장 24절.
*** 모네타(moneta): 그리스신화에 나오는 돈의 여신 Juno Moneta. 스페
인어로 돈은 Moneda이다.

AMAZON 강

아마존 강에

배가 지난다

태평양도

대서양도 아니면서

깜깜한 파라다이스

고요한 물결 넘실거린다

아무도 달빛이

인도한다고 믿지 않는다

어둠 속에선

어둠이 인도한다고

전조등을 끈다

스타프루트 1

– 까람볼라*

나는

열대우림지에서

땅을 파고 있었다

한 그루 시詩를 심기 위해

무슨 맛으로 거둘지도 모르는

어린 묘목을

불가피한 자유로움으로

망각할 수 없는

시詩를 심는다

가늘고 유순한 가지가

내 숨소리에

흔들리고 있었다

겉으로는

정글의 어린 3세들을 위해

스타프루트

그 희망의 나무를 심는다

태양이 잠시

빛으로 머물다 비낀 자리

붉은 열기를 감추고

땅을 파는 삽 끝에

우수수 별들이

떨어진다

---

* 열대 정글에 옮겨 심었던 까람볼라(star fruit) 나무에 벌써 열매가 맺히기 시작한다. 5-6개의 신기한 맛을 미리 예상하면서 엠베라 원주민 사역 후 처음 확인해 보는 자연산 열매이다. 땅에서 심어 내 손으로 만져 보는 하늘의 별이다.

스타프루트 2

꽃의
얼굴은 보이지도 않는데
어디서 열매가 나오나

작은 가지 끝에
다섯 날개를 달고
바람개비로 날아가
우주에 번쩍이는 투명한 칼

제 몸에 지탱할
자기만의 무게로
뜻을 밝히는 초록 별
사지를 벌려 예리한 검으로
자신을 지킨다

정글에 오각형으로 빛나는

온유한 나무

아직은 어린 별

축복은 이렇게

나중 될 일이

미리 오는 것이다

스타프루트 3

정글의 별은 나무에 뜬다
따 먹을 수 있는 별

비극이다
희망이다
정의이다

무심코 받아
정글로 가져온
나무

지상에 별이 열리면
아브라함을 만나고
사막에 별이 뜨면

어린 왕자를 만나지

인디오 아이들은
지상에 열리는
푸른 별 중 별이다

헌당식 La dedificación del templo

엠베라 부족민이여,
그대들이 흘린 땀과 눈물로
말하노니

하늘 향해 올라간 것 이름 없는 벽돌이건만
그대들을 향해 내려오는 것은 피 묻은 말씀이어라
바깥에 바른 것 거친 흙이건만
안으로 녹는 것은 부드러운 영혼이어라

누가 심지 않고 거두려 했으며
누가 헤치지 않고 모으려 했는가
솔로몬 왕의 성전도 그러지 않았을진대
하물며 우리랴!
모질고 사악한 시대에

하얀 태양이 문을 열어젖히고

그대들

아궁이같이 탄 피부를 거짓 없는 갈색으로 물들임은

태양조차 멜라닌으로 피어나

환상의 광선을 발하였구나

새 성전 문지방에 솟는 생수는

발목까지 차오르고 마침내 가득하여 헤엄칠 물이라

강 좌우편엔 견고한 나무가 무성하며

주께서 달마다 딸 수 있는 열매를 주시리니

그 잎이 푸르러 약재가 됨이라

성전이여, 부족민이여

집 나간 탕자를 기다리는 아비의 마음으로

인자한 아버지를 흠모하는 자녀의 성품으로

그대들 목숨과 힘 다해 노래를 불러라

깊은 정글 속에 감추어졌던 예언이

보화로 드러난 성소에

이 성전의 땅이 대대로 기업이 되리라

천 년간 온유한 백성으로 기업을 이으리라

책

젊음의 유산이었던
책, 책은
내 젊음의 유산이다

내 손톱 아래 박힌 고향이
가시였다면, 책은
그 가시에 찔린 붉은 피부

이제 나는 책을
들고 다니지 않는다

나의 책들은
열대 정글 가난한 부족의 땅
방 안에서 썩어져 가고 있다

청개구리 비만 오면

어미의 무덤이 떠내려간다고

우는 것처럼

책이 가르쳐 준 대로

살아오지 못한 나는

우기雨期 때가 되면

책이 상할까 눈물짓는다

브루스 헌트*가 남긴

마지막 한 마디

Yet wherever they were, I have good reason

to believe that they had been "faithful to the End."

(그러나 그들이 어디에 있든지 나는 그들이 "끝까지 신실

했다"는 것을 믿는다)

나는 비가 오면 젖는

인디오의 습기 찬 방에

책을 묻어 두고서 비로소 자유를 얻는다

책은

내 기억의 증인이다

끝까지 신실했기 때문에

* 브루스 F. 헌트(한부선, Bruce F. Hunt, 1903~1992년): 평양에서 태어
나 2대째 한국을 섬긴 선교사. 위 문구는 일제강점기 만주에서 사
역하다 신사참배 반대로 검거, 투옥되어 하얼빈과 단동형무소에
서 겪은 "옥중 수감문"의 끝부분이다.

까페떼리아 Cafetería

비 오는 날
내가 마시는 것은
마른 빗물일 뿐
비는
내 대신 까페를 마신다

무더운 날
내가 마시는 것은
맑은 햇볕일 뿐
태양은
내 대신 까페를 마신다

바람 부는 날
우리의 영혼은

무엇을 마실 것인가
서로를 위해
주고받을 잔이 있는가?

뜨거운 빗물과
황토 빛 햇볕이
우리 곁에 있는 한
나무와 강물은
서로 만나고

우리는
하나의 뿌리로 엉켜
숲과 강을 주고받으며
언제부터인가
헤아릴 수 없는
까페 맛을 즐기고 있었다

빗속에 숨은 태양

바나나 밭엔 바나나 맛
파파야 밭엔 파파야 맛
코코넛 단물을 아는 비가
유월에 익은 망고처럼
종일 내린다

벌레와 독충들
없는 듯
잎사귀 뒤에 숨는다

태양도
따갑게 비추다
잎사귀 뒤에 가
숨었다

모두가 숨어

죽어 숨 쉬는 한낮에

나만 살아서

인디오 마을을 걷는다

억새풀 이삭

들을 귀 없으면
눈으로
알아차릴 줄은 알아야 하리

허허로운 공중에 하늘거리는 은강(銀江)
물빛 대신 욕망이 금빛으로 흐르고
스페인 침략군의 창끝
손 갖다 대면 금방 떨어질 이삭인데
도망치듯 쓰러지는 슬픈 인디오…

은장도 한번 휘둘러보지도 못하고
하늘에다 묻어 둔 패배 의식

쓴 뿌리에 매달린

가녀린 키
정복군이 다가오면
금방 머리 숙이는 굴욕
깃털로 수평선을 가리는 작은 얼굴들이
애처롭다

무수한 리본들은
머리에 한 맺힌 띠를 띠고
들판 깊숙이 도열한다
언제 다시 침략군이 올지도 모르니
늦었으나 하얗게 정신 차린
때늦은 게릴라들

집 나간 하이사는
해 저물어 돌아오지 않고
바람처럼 서서
깡마른 그림자로 웃음 웃고
밀림엔 잠자리조차 빼앗긴 서러운
움막이 남아 있다
바다만 상처를 덮는 건 아니다
억새는 산의 아픔과 작은 골짜기 흠집을 덮고

식물의 근육과 동물의 시체 부스러기 너머
과거의 어리석음까지 덮는다

신화를 의지하지 말라
새까만 씨앗의 눈으로 바깥을 보지 말라
세상이 어두워야 모든 악이 보인다고
서두르지 말라

갈멜산*에 올라 불의 응답을 기다려라
침략군이 정복군 구실을 하지 못하게
바알들의 제단을
몰아낼 수 있는 진정한 용기가 필요하리

말발굽 소리가 들리는가?
이젠 두려워하지 말지니…
그것은 고요히 잠든 인디오를 깨울 뿐
하늘의 음성과는 무관하니
스페인의 속임과 곡예에 속지 말지니
나뭇가지마다 개미굴마다
그들의 속삭이는 전략을
천연스레 들을 줄 알아야 하리

그들이 굶주려 속삭이는

힘없는 소리를

이제는 들을 줄 알아야 하리

그대들 이 땅의 주인들이니

빼앗긴 열대의 들길을

찾으러 나서야 하리

* 갈멜산 영적 전쟁: 열왕기상 18장 20-40절 기사.

정글에 내리는 비

– 선교기념교회 글로벌부족커뮤니티센터에서

엠베라 정글에 비가 내립니다
주께서 정글에 비를 내려 줍니다
숲을 적시는 빗물이 하늘의 창에서 쏟아집니다
정글은 이내 강물이 됩니다

게스트하우스 처마 아랜 도랑을 이루고
나는 물길을 땅에 파둔 만큼 안심합니다
비는 땅의 것이 아니기에

하늘에서 내리고, 하늘의 것이 아니기에
땅에서 흐릅니다

비는 우주 안에 중립이고
비는 대륙 안에 자유이고
비는 정글 안에 이웃입니다
나는 도랑을 시냇물이라 부르기 시작합니다
흐르는 빗물을 보면 하늘의 구름도
둥둥 떠내려갑니다
둥둥 인디오의 옛 북소리도 들려옵니다

지붕은 뜨거운 햇볕처럼
뜨거운 빗물을 반사합니다
폭포수는 정글의 열기를 다시 식혀 줍니다

매일 만나는 비이건만 인디오 자매도 어찌할 바 모릅
니다

야외 부엌도 걸을 수 없는
진창이 되고
다른 자매도 진흙 속에서
잠시 생각을 멈춥니다

그럴 사이

처마 아래선 어느새 처녀가 몸을 씻습니다

아니 입고 있던 옷을 씻는지

샤워를 하는지 나는 알 수가 없습니다

마침내 나는 도구로 둑을 만들고

물길의 흐름을 지켜봅니다

정글의 빗물을 온몸으로 막아야 합니다

빗물은 잔디 위에 넓게 피어오르고
풀잎의 생명을 덮어 줍니다

흐름은 급한 물살로 변합니다

60cm 높인 성전 바닥엔 흙과 땀의 노래가 있습니다
노래는 소금기로 배인 겉옷을 걸치고
경건한 춤을 춥니다
하얀 흙의 피부도 검게 탄 얼굴을
부끄러워하지 않습니다

피부가 흰 흙도 검은 흙도 정직하기는 같습니다
흙은 중심이 곱습니다
인내로써 넘치는 빗물을 받아들입니다
흙은 언제든지 빈 공간을 내어 줍니다

사람들은 희고 아름다운 피부에 열광하고
햇볕이 두려워 살갗을 가리며
이상하리만큼 바짝 외모에 관심 두지만
정글은 자연산 검은 진주를 키워 냅니다

하나님은 아프리카의 부족도 남미의 부족들도 사랑하
십니다
흑인도 흑갈색도 사랑하고 계십니다

거짓말인양 날씨가 개이고
차 안엔 잠자리 한 마리 날아듭니다
빨간 리벨룰라(잠자리)는 앉을 자리를 찾습니다

열대에선 좀처럼 보기 드문 고추잠자리입니다
정글엔 가을이 따로 없기 때문입니다

반석에서 꿀을 찾지만
정글은 결코 꿀을 내어 주지 않습니다
광야의 고추잠자리에게도 하늘의 만나는 필요합니다

꽃은 누구나 받아들입니다
꽃은 아무도 거절하지 않습니다
꽃은 우주의 심장입니다
꽃은 자신을 내어 줍니다
꽃은 낯을 가리지 않습니다
그래서
꽃은 편안합니다

인디오 형제들은

골짜기에 나가 가마솥 만한 나뭇잎을 따 옵니다

두루마리로 말아 허리에 끼고

머리에 이고…

식물 종이는 파피루스처럼 자연의 선물입니다

인디오에겐 이것이 점심밥을 싸는

도시락 통입니다

인디오 커뮤니티에 비가 내리고

주께서 비를 주시고

비는 파도치며 내립니다

동서남북 지도를 그리며

그리운 이 찾아 정글에 길을 냅니다

형제들은 비 그치기를 기다리고

새로운 희망으로 도시락 밥을 쌉니다

도시락엔 믿음, 소망, 사랑이 가득합니다

난로가 없어도

친절한 태양이 도시락을 데워 줄 것입니다

바나나

폭염을 향기로 바꾸는
뼈의 헌신
뼈조차 알몸만 남은…

절망을 열매로 바꾸는
영혼의 소신
수만 겹 빈틈없이
황금 달빛의 맛 –

한 줄기에
수백 개 희망을 키워 주는
자연은 말이 없다

여름은

더 요사스러운가?

아무도 더위더러 시원하다

말하지 않지만

무거운 바나나를 이마에 이고

하늘은 결코

여름을 포기하지 않는다

재스민 꽃과 창조주

작은 운석이 우람한 다이아몬드가 되고
작은 개울을 큰 바다로 만드는 손

작은 꽃송이가 아름드리 정원이 되고
작은 골짜기를 큰 창공으로 만드는 손

그보다 더
재스민 꽃송이를 만드신
향기로운 손

솟구치는 하늘의 장막이 열리면
별과 달빛을
은은히 쏟아 내는 손
정복자가 아니어도

겸손한 자에게만

열리는

장엄한 우주의 혈관

그분의 손이

먼저 와 닿으면

흉흉한 물결도 수평선을 건너

위로의 품안으로 헤엄쳐 온다

콜론* 역 소묘 una figura en la estación del Colón

대합실 없는

콜론 역

철문을 열고

광장에 들어서면

플랫폼 그늘 아래

서 있는

파나마 흑인 귀부인

세 아이를 거느리고

힘겹게

전설의 철도 얘길 주고받는다

객실 손잡이엔

아직 오후의 더위가
둥글게 묻어 있고

칙칙폭폭 치익포옥
옛 메아리도 없이
긴 호수를 따라
정글로 돌진하는
파나마시티행 디젤 열차

정글은 깜깜하여
흑인 여인의 얼굴을
알아보지 못한다

세 아이는 어미 마음을
아는지 모르는지
등받이에 기대어
평안히 잠들어 있다

---

* 콜론(Colón): 크리스토발 콜럼버스의 애칭이며 파나마의 두 번째
도시가 있는 주^州이다.

예수의 환유법

유다야

나와 함께 그릇에 손을 넣었더냐?

네 손이 아니라 마음이었구나

유다야

나의 얼굴에 입 맞추었더냐?

네 입술이 아니라 마음이었구나

유다야

은전 30을 그렇게 하여 갖고 싶었더냐?

그건 네 돈이 아니라 마음이었구나

유다야

돈을 사랑한 유다야

그건 성전 헌금에도 넣지 못할
피값이었음을 알지 못하였더냐?
피값이 아닌 네 마음이었구나
네 육신은 나그네의 묘지에 묻혀
너는 생일도 잃었구나

유다야
예레미야서 예언을 읽지 못하였더냐?
그건 네 눈이 아니라 마음이었구나

그래도, 나의 친구들이여
옛 토기장이의 밭에서
설령 가룟 유다가 다시 살아 돌아온다고 하자
오늘 우리에게 무슨 상관이 있는가?
유다의 마음은 온 세상에 가득하여
돈 먹고 사람 잃는
원수 마귀 끝이 없고
환란 풍파 많은데…

지금도 들려오는 피 묻은 말씀
"너는 나를 따르라"

소금의 상처 1982

- 말비나스(포클랜드)에서

쐐기 박은 남미 대륙 끝

황금 발목을 담그고

뜨거운 핏덩어리로

떠 있는 섬

출구 없던 군부는

민심을 돌리려

어린 청춘들에게

진격 명령을 내렸네

오징어 떼 평화롭게 수궁을 짓고

참치 떼 수온을 따라 표면에 노닐고

새우 떼 촉촉한 감각으로 오순도순 꿈꾸던 곳

하지만, 군부는
어획에 관심 둔 것 아니었네 -

구식 무기를 든
아르헨티나 해군 병사는
용감무쌍하게
영국군 기동함대로 돌진했네

차가운 바닷물은 말이 없고
병사들의 친구는 전쟁이 터진 줄도 모르고
도시의 술집에서 밤새 술을 마셨다네

누구를 위해
조국은 있었던가?

남극의 소금은 맛을 잃고
피로 얼룩진 눈물이
권력 대신
바다를 다시 짜게 했네

지금은 영국 비자^{VISA}를 받아야
들어설 수 있는 섬,
아르헨 부형들의
원한을 한눈에 받으며
영어도 외면 당해 버리네

　오징어 떼, 참치 떼, 새우 떼
　그 후예들은 다 아는데…

총명한 오징어들도
야간 집어등^{集魚燈} 불빛 아래론
반짝이는 물곤충들인 양
착각하고 모여들건만,

성난 소금물 속에
심장을 묻은 병사들이
핵함대로 달려들듯이…

어머니와 고향 유정

어머니의 하늘

하늘은 구멍이 많아
섭섭함이 없다
욕심 쌓일 그릇 하나
받쳐 들 선반도 없이
비우기엔 안성맞춤

바다는 통로가 많아
답답함이 없다
시원스럽게 달리는 고기떼
신호등 하나 없어도
스스로 비껴가네

자식을 바라보는
어머니의 눈길이

하늘이며 바다일진대

오늘도 아프기를 포기한

어머니는

맑은 하늘을 열어 주신다

거침없이

바다를 걸러 주고 계시다

* 어머니 추모 예배에 맞추어 지은 시.

어머니 음성

멀리서나
가까이서나
봄철 냉이 김치 같은
어머니 음성

시골에서나
도회에서나
여름 열무 국수는
어머니 음성

본국에서나
타국에서나
가을 단풍에 물든
꽃게 조림은

어머니 음성

아 -
한겨울 외갓집 사랑채의
군불 같던
어머니 음성이

내 구둣발 소리가
신작로를 지나
고향 집 청 마루에 울리면
벌써 대문 여시고
골목 바깥에 서성이던
어머니 음성이

"엄머이 -"
"오오냐 내 새끼 오느냐
몸은 성하냐?
저녁 먹어야지 -"
문풍지 마냥
파르르 떨던 여린 마음도
아들 보며 좋아라

시름 잊던 얼굴이여

오늘도
송림 사이 바람결에 지나쳐 흐르고
빈손으로
어머니 맞으려
선산에 오르면

마른 잔디
억새밭을 헤집고 걸어 나와
오오냐 내 새끼 이제 오느냐
몸은 성하냐?
저녁 먹어야지 –

천국 문
화알짝 열어젖히고
아침부터
그 음성으로
서성이고 계시네

어머니 팔순에*

1

어머니
쑥을 캐고 철쭉을 꺾던
옥 같은 손
치마폭에 훔치시던 옛이야기

주름마저 웃음에 묻힌 채
고추밭 골을 따라 북을 주시던
어머니 모습

"말도 마라 대동아 전쟁 -"
"책을 어이 쓰랴 골육의 상잔 -"
피난길 논둑 따라

퍼덕거리던 전깃줄이 몇 리던가
고통의 살점을 골무 속에 가득 담고
한 가닥 한 가닥
상처를 기우시던 어머니의 반짇고리

전투기 소리만 들려도 놀라셨던
어머니 두려운 세월을 안아 봅니다
은비녀에 묻은 눈물,
입김으로 닦으시던 어머니

2

어머니 뼈저린 끝을
자식은 다 몰라도
호롱불 앞에서도 단정히 자정을 재우고
새벽 봇물에 괭이를 씻으셨던
세월 이야기

딸자식들 공부 그때 이미 깨닫고
"보리방아 찧으면 내오리다"

외상 입학 시키셨던 어머니 어머니
장날마다 시골에서 아주버님 나오시면
천하 없는 손님이라
행주로 빛을 내던
하늘같은 밥상아!

아파도 아파도
어미 손이 약손이라
자고 나면 낫는다 하시고
마술처럼 평화롭던
어머니의 침 두 방울

집안엔 남자가 있어야지
오사카에 계시던
아버지 헌 구두를 섬돌에 올려놓아
밤손님 겁을 주던 어머니의 지혜여 –

누구든 오면, 식사했느냐 물음 대신
음식부터 차려 내신 어머니 성품과
무엇 먹으려나 묻지 않고
있는 대로 내어놓으셨던

어머니의 애정을 기억합니다

어머니 비가 좋아 가뭄에 걱정하고
어머니 해가 좋아 장마에 걱정해도
자식 보면 좋아서 시름 잃고
어깨를 매만지며 등 다독여 주시던
동백기름 향긋한 어머니의 품속

간밤에 거듭 어머니 꿈꾸고
날이 새면 다시 용서를 고백하며
땅끝이 멀다 않고 불러 보는
팔순의 어머니께 –
오직 어머니 어머니**

고향 집 아래채

– 꿈을 키운 테이블

우리 집

형

누나들

내가 마지막으로 사용했던

아래채

책상 곁에

또 다른 테이블 (꿈을 키운 도구)

철재 의자 두 개 놓여 있고…

너는

내 맞은편에서

글을 읽고 있었다

글을 쓰고 있었다

좁은 공간
나는 등받이에 기대고 싶었으나
그만한 틈도 없었다

나는 기대기를 포기하고
방바닥에 눕고 말았다

네가 갑자기 내 위로 올라왔다
잉크가 비단에 쏟아지듯…
너는 가슴을 열어
내게 내어 주었다

금시
내 입술의 흔적이
선명히 네 작고 고운 유방에
묻어 나고 있었다

피인 줄 알고
가까이 들여다보니
내 좋아하는 초록빛 꿀송이였다

너는 내 현실을 잠재우며

동시에 깨우면서

내 낙원의 이파리들마다 물을 주었다

어느새 내 방엔

너의 꿈으로 가득했다

기도 항아리

기도가 담겨 있는 이 항아리
어디다 쓸까?

새벽 기도
저녁 기도
깨지기 전에 이 항아리
어디다 쓸까?

물고기는 언제나 입으로 낚이나
입으로는 하나님께 나갈 수 없어
양과 늑대는 어울릴 수 없어
악의 꽃을 심지 않고
악한 나비를 기르지도 않고…

기도가 담긴 이 항아리

겸손히 들고

정의와 평화를 지키기 위해

살아 계신

하나님 앞으로 나아가야지

산 기도

산을 배우기 위해
산으로 간다고 말하지 말라

산이 좋아서
떠난다고 말하지 말라

우리는 기도하러
산으로 가고
기도가 좋아 산에 오른다

우리가 기도할 때,
산은 벌써 무릎을 꿇고

우리가

두 손 모으면

산도 영감에 넘치는 것이다

물고기 잡아 봤으면

물고기 한번 잡아 봤으면
두 손바닥 사이로
미끄럽게 빠져나간
시간들

잡았다가 놓쳐 버린
순간의 덧없음

지느러미 나풀거리며
통통한 허리에
날렵한 무지갯빛
오선을 그린 물고기가
내 손바닥에서 춤추었던…
미끈하고 힘 있던

그 물고기를

오늘 한번 잡아 봤으면

3월말

차가운 바위 속을

맴돌다 나온

싱그러운 시냇물에

바지 걷고

다시 뛰어들어 가

첨벙, 잡아 봤으면…

동백꽃

꽃이 곱다고
밤낮으로 수난 당할 순 없잖아요?
찬란한 꽃일수록
고독한 노래소리 바다 깊이
빠뜨릴 수 있어요

상처 없는 꽃만이
소리 없는 빛으로
날지 않는 새털로
새 봄을 위해
주인을 기다릴 수 있어요

처녀 마리아같이
통째로 길가에 떨어져

겸허한 계집 종으로
수명 다하지 못해도

목마르지 않은 것은
십자가에 달리신
그분의 피가
날 닮아 있어요

다시 아기가 태어난다면

내 생전

다시 아기가 태어난다면

그 아기가 자라길 기다렸다가

걸음마를 배우면

함께 성탄목을 세우고 싶다

백향목 성전을 짓는 마음으로…

다시 아기가 태어난다면

그 아기가 소년이 되길 기다렸다가

신앙의 철이 들면

함께 동방박사와 낙타를 만들고 싶다

미래 교회를 섬길 지상의 구도자로…

다시 아기가 태어난다면

그 아기가 청년이 되길 기다렸다가
그 아기에게서
천사의 음성에 귀 기울였던 목자들처럼
한밤중 들판에서의 성실함을
눈여겨 보고 싶다

더 놀아 주고
더 업어 주고
더 시간을 바치고 싶다

아이들 모두 자라
각기 집을 떠나고
나는 이방 땅 인디오 백성들과 성탄송을
부르는 오늘
요셉과 동정녀는 아기를 낳고…
마리아와 목수는 저렇게 영원히 아기를 낳는데

더 놀아 주지 못하고
더 칭찬해 주지 못하고
더 참아 주지 못했던
내 젊었던 변명의 시절을

돌아보며 곁에 없는

아이들에게 고백하며

완벽한 성탄 세트를 갖추고서

보아란 듯 아름답게 별빛으로 휘날리는

어느 열대 주택의 마구간 앞에서

나는 꿈꾸며

다시 아기가 태어날 수 있다면…

거창 역?

거창엔

기차역이 없다 그러니

기적 소리 멈추고 떠날 리 없다

1953년 4월, 내가 태어난 날에

생겼을 법한

거창 역은

간이역일까

화물역일까

여객선^線일까?

김천에서 진주로

진주에서 김천으로

감악산 산나물이 풋풋하게 배웅을 받고
객석에 실려 떠났다면
88고속도로는 없었을 것을 –

철교는 영호강을 뚫어
은하 물처럼 죽죽 흘러갔으리
누님이랑
거열 산성의 돌멩이를 싣고서 –

비릿한 무쇠덩이도
제 무게로 우두령牛頭嶺을 오를 순 없어
숨 막히는 터널은 싫어
속 시원히 오장육부를 산천에 풀어놓지
못했던 거창 역…

〈한국시인협에서
'간이역' 경험 한 편 내어놓으라기에〉
나는 고향에 와서야
간이역을 느낀다
오십 평생 정든
간이역을 떠나고

떠나선 정들었던 나의 플랫폼

그 땅엔

기차역이 없건만

내 기억 속

그곳에 가면

어리디 어린

간이역이

개찰구처럼 순하게

입을 벌리고 서 있다

4월이 오면

살구나무 석류나무가 아니어도
한 그루 나무를 심을 수 있다면

지산리 고개 넘어
어머니 묘소 곁에
편백나무 몇 그루 심으리

동지섣달 긴 밤 넘기고
대문 앞 살구 가지에 새움이 트면
작은 장독대엔 은빛 석류 가지 향기
분주했던 나비들도 돌아오려니

골목 아이들 모아 놓고
신라궁궐 연극대사를 줄줄이 외웠던

고향 집 마당가 –
어머니 앉으실 의자 챙겨 드리면
웃음꽃 살구꽃이 반지르르하던
긴 빨랫줄 장대 이야기

석류 한 입 베어 내어
누나의 손바닥에 얹어 주면
눈빛이 찢어지듯 찡그리던
여름 채송화

4월이 오면
얼굴이 함초롬한 편백나무
묘소에 심어
어머니의 눈물을 닦아 드리리
부엌 드나들며 닳은 신발을
문턱처럼 윤이 나게 닦아 드리리

기도 시간

3만 불 시대 사람들은
부족함이 없다고 노래한다
4만 불 시대 사람들도
부족함이 없다고 노래한다
풍족하여 나머지를 버린다
풍족하여 열악함을 모른다

길이 좁고 불편하고
귀때기 새파란 독충들이
무허가 집을 지어도
불빛이 없는 정글

인디오 부족들은
늘 부족하다고 노래하고,

낮은 지붕 아래서
지붕보다 낮음을 고백한다

가난을 느끼지 못할 정도로
절박한 정글에
영혼까지 가난함이 무언지
모르길 바라지 않는다

소리와 문자와 웃음과
시끄러움에 찌든
귀를
침묵의 기도로 씻어 내는 고요함

우리들 영혼은
하루 세 번
앵무새도 침묵하는 부족 마을에서
기도하는 법을 배워야 한다

길의 영성

길이 없는 줄
알았는데…
그대
마음 문 열어 주니
거기
길이 있었네

길은
스스로 걷지 못하고
우릴 불러
먼 길
함께 가자 붙드네

한밤중

다정하게
한 몸 이루는 강물처럼
아픔을 이기고
시간을 넘어
경이로운 세계 속으로
흐르자 하네

길에선 투쟁도
식민주의도 버리라 하네

번영과 칭송으로
집을 짓는
길의 영성

구름 타고 오시리

사람이 걸어서 도착하면
사람이 왔다고 한다

사람이 말을 타고 도착하면
사람이 왔다고 한다

사람이 차를 타고 도착하면
차가 왔다고 하는 데

항공기 편으로 도착할 땐
사람이 온다 하지 않고
비행기가 온다고 말하네
마중은 도착하는 사람보다
먼저 나가야 한다네

구름 타고 오실 주님,
기다리는 우리들은
구름이 온다 할 것인가
주님이 온다 할 것인가

도둑같이 오기도 하고
만인이 그를 보기도 하고
오실 주님은
구름과 함께 오시리*

---

*   요한계시록 1장 7절, 3장 3절.

외식

아내가 만든 음식이
맛있는 줄 알면서도
그 요리에 어머니 정성이
기억남을 알면서도
나는 혼자 일 년에 두어 번
식당에 들린다

미원이 듬뿍 든 줄 알면서도
내가 즐기는 풋고추와 멸치 볶음이
없는 줄 알면서도
한식집 문을 들어선다

김치 한 점
완두콩 한 접시

무심코 집을 수 있는
나의 자유로운 젓가락

혼자선
식당에 못 들어가는 줄로 –
아내는 알고 있지만

나 혼자선 식당에
들어가지 않겠다고
아무와도 약속한 바 없지만
홀로 받아든 밥상엔
어머니 생전
야릇한 어머니 냄새가
거기 들어 있기나 한 듯…

하얀 신호등

양평 가는 길
함박눈은 내려

들꽃 수목원에도
만남의 광장에도
눈송이는 고요하다

솔잎들은
은사시나무처럼
무채색 목도리를 하고 –
하얀 사막엔
신호등만
푸르고 붉은 눈을 부라리고
몸을 데운다

내 영혼의 눈동자도

낮과 밤 따로 없이

맑은 눈빛으로

천성天城을 향해 떠여졌으면…

연합과 나눔의 빛

— 거창제일교회 설립 50주년 기념 헌시

옥양목 손등으로
똑-똑-똑 지상을 두드리는
살아 있는 빛

좌우로 쏠려 가던 바람도
빛을 만나 피곤에 젖은 몸을 세우고
양들의 자리를 지킨다

골짜기를 흘러
큰 강 이루어 바다에 나온
거창제일교회여 ―
쉬임 없이 기도하며
지구촌의 거친 파도를 타고 넘는
백향목 기둥이여 ―

보석 같이 지내 온 세월 50년
더 나은 백 년을 다시 내다보며
보내신 목자는 말씀이었네
성도들 행복한 찬송이었네

영적 전쟁의 틈바구니 속에서도
고요한 아침 이슬을 맞으며
쟁기를 손에 든 교회여,
그리스도와 연합한 개혁의 유산들은
깨끗한 땅을 찾아
백성의 집을 찾아
용기의 칼이 되어 주었네
시대의 꿈이 되어 주었네

불의 앞에서는 천둥과 번개로
고난과 헌신 아래선
위대한 사명으로
공동체의 마음 밭에
믿음 소망 사랑으로 심겨졌으니

목장을 지키는 향기로운 시냇가엔

십자가 깃발이 펄럭이는 님의 나라,

영원한 생명으로 꽃피울 거창제일교회 –

온 영혼 마시고도

넉넉할

내면의 평화 흘러라

기억의 섬

울릉도 할아버지

노인이 되어서야
메꽃*을 즐기는
울릉도 할아버지

말이사 약초를 캔다지만
깎아지른 바위산
대풍령 위에
꽃들과 놀기 위해 등대를 마주하시네

30층 넘는 절벽 공중에
개인용 엘리베이터 초연히 달아 놓고
사흘들이 할머니만 위해
창틈도 없이 무거운 바다를 오르내리는
노년의 순정

할아버지에겐 고단한 산맥 같은

후박나무 숲길을 걷고

순향나무 범벅된 연못을 지나면

연분홍 꽃보다 어여쁜 본질의 꽃

할머니 거기 마루에 걸터앉아

갈매기 떼를 내려 보시네

섬에서

꽃을 만나러 가는 것은

사진만 펼쳐 보던 화첩에

깨알만 한 글씨도 새기는 일

할아버지는

오늘도 그 깨알을 찾아

울릉도 숲 속에서

할머니와 사시네

* 메꽃: bindweed.

기억의 섬

파도 위에 누워 보라

출항한 배는

등 뒤에서 놀고

정박했던

상처 조각은

수평선으로 달린다

넘실거리는

기억은

육지에 가 부딪쳐 깨어지고

하얀 포말에

그대 얼굴이 그려진다

어제 아우성치던

낮은 섬은

파도 소리에 못 이겨

조용히

옷을 벗는다

차가운 사랑도

알몸으로부터

시작됨을 알고서부터

다형 시비 茶兄 詩碑

숲길 돌다

하마터면 잃을 뻔 했던 훤칠한 입구

햇볕도 길을 잃고

가느다란 나뭇가지 사이

육중한 바위에 부딪친다

분명 한낮인데

어둠에 눌린 시비詩碑가

그 눈물 흘린다

옥토를 찾아

무등산에 오른 지

몇 해인가?

커피나무 심기엔 너무 낮은 기슭

커피를 끓이기엔 너무 가파른 길

가까운 문우^{文友}와 산록에 묻히니

그냥 순록인양 잔잔한 웃음

그림자 포개 앉은 숲 속

벤치엔

산꼭대기 훌쩍 내려와

갓끈을 풀고서

그와 나란히 앉아

이끼 묻은 커피 잔을 기울고 있다*

* 1989년 여름, 광주 정돈화 목사와 함께 오르다.

무등산의 눈물

― 김현승

얼핏 스칠 인연이 아니었다
　　　　　　　　섭리였다 그건

다형, 그대는 시인들의 모더니스트
아시아의 루벤 다리오
어휘와 어휘 사이에서
그 사람 마셨던 알코올만 닦아 내면
우리 시대 새벽교실*의 창조자

갈비와 갈비 사이 갈비뼈를 빼어
하와를 만든 창조주와 같이…

무등산 돌비에 새긴 눈물을 만나면
　　그대의 가장 나아중 지니었던 것

소유물 중 가장 온전했던 것

먼 하늘빛 넥타이엔

명징한 눈물이 떨어지고

시인들은 슬픔도 기쁨도 아닌

언어라는 신성한 보석을 캔다

그대 절대 고독은

흰 물거품이 일어나는 백조

남미산産 까페에

라그리마** 한 방울 떨어진다

* 새벽교실: 다형, 김현승의 초기 시.

** 라그리마(lagrima, 눈물): 아르헨티나 커피로 블랙커피에 우유 한 방
   울 떨어뜨림.

정지용 생가

– 질화로에 재가 식어지면

누군가 옥천 생가에 갖다 놓은 쇠 화로
화롯가엔
할아버지, 형제, 친구가
삼위일체로 도란도란

오늘은
얼룩빼기 황소 한 마리 앉아
화롯가 파란 모더니즘에
손을 쬐고 있다

화로 안의 질화로엔 여전히 불씨가 타오르고
질화로의 재는 식어 냉혹했던 시대를 품는다

다시 자세히 들여다 보면

전설의 바다 물결 위

초라한 지붕과 흐릿한 불빛이 비치고 있다

앞마당에 밤이 들면

빈들엔 바람 소리…

그때나 지금이나

바람은 앞선 벽을 넘는 전위부대

뒤에서 밀어주는 초연한 미래파

적 도 제 _{赤道祭,} Neptune's Revel*

남과 북을 가르는 적도엔 DMZ가 없다
원폭과 미사일 대신
계란을 거꾸로 들고
기도하듯 계란을 세우려는 남자 하나

한 발은 북쪽 다른 발은 남쪽에 딛고
평화롭게 지구를 구르며
전통적인 바지를 입고 있다

사람들은 남북이 나뉜다고 몸서리쳐도
꿈쩍도 않고
엎드려 바짓가랑이 걷어 올리며
흰 종아리 햇빛 타고 반짝인다

해상엔 큰 기적 소리 세 번 울어

군함은 무기보다 무풍이 두렵고

상선은 자원보다 무풍이 두려워

사람마다 저마다 안전한 신神을 부른다

응답 없는 넵튠Neptune

바다의 신은 곤히 잠들어 있는데

무풍지대에도

살아 있는 심장엔 바람이 일렁인다

우리네 38선 양쪽에서

그 사나이 양발 걸치고

저렇게 남북을 웃음으로 오갈 수 있다면

흰 종아리 햇빛 타고 통일의 광채를

휘날릴 수 있다면…

---

* 적도제(赤道祭): paso del Ecuador(배들이 위도 0도를 지날 때, 바다의 신 Neptune을 대상으로 하는 제의).

캔사스 농부

남풍이 지나는
모자이크 벌판 너머
가없는 타작마당

겨울철이지만
걸음걸이 편안하다

마른 숲은
잠시 넋을 잃고서
밀밭에 나가
흙냄새 맡는 농부를 흠모한다

쇠스랑에 써 놓은
백인 지주의 친필

그 이름 아래로

그을린

검은 거름덩이가

백 배나 향기롭다

누굴

애타게 기다리지 않아도

하나님 살아 계시니

표준말 쓰는

캔사스 농부는

행복하여라

시편의 지성

구약 시편을 읽는 사람들은
궁켈이 어떻고
모빙켈이 어떻고 한다
(당신도 예전엔 그랬을지 모른다)

시편은 지식이 아니건만
'삶의 자리'도 지식이 아니건만
과도한 경쟁에
시편은 외면 당하고 있다

이스라엘 문화도
시나이 광야의 돌멩이도
히브리어^語 유형도
양들의 잔이 넘치고

사슴이 시냇물을 찾기엔
미흡할 뿐이다

돌아다니지 않는
순례는 기쁘다
기름진 묵상 너머에
신神을 향한 수직의 표현을
먼저 읽어야 한다

속된 인간의 언어로 쓴
경건한 언어만이
성령으로 친히 감동 된
시편의 지성이다

아벨과 은유

카인이 흙을 일구었으면
나무도 꽃들도 모두 다스렸을 텐데
들판에 만발한 꽃송이들과
태곳적 우아한 침엽들과 속삭였을 텐데

그래도
식물엔 번제 드릴 피가 없었으니
불만 갖다 대면 사라질 테니
축제 후에도 죄를 씻을 수 없었구나
아우의 피를 흡수한 땅이
살인을 증언했구나

아벨은 동물을 쳤으니
피로써 제사를 올려 드렸네

카인이 생산한 소산물은
한 곳에 뿌리내린 직유
아벨이 사육한 양 떼는
생명을 드릴 수 있는 은유

태초에 아담이 이브를 향해
이는 내 뼈 중의 뼈, 살 중에 살이라 했던
은유를 아벨이 물려받았네
하나님은
은유의 제사를 흠양하시네

내가 시인이 된 것도
아벨의 전통을 물려받은 것이
확실하구나

거가대교

아득한 천 년의 전설이

낮잠을 깨면

산 그림자만 해저 터널에 낯설다

대교는 장엄한 아가미를 벌리고

두 섬에 취한 듯 다이아몬드로 변한다

전복과 굴 대신

지구 멀리 별빛을 따는

산업의 거리

동풍에 밀리던 바닷새들도

물오른 근육이 서로 일어나

다리 위

꽃집에서 가져온 씨앗을 뿌린다

숭어 떼도 건너오고

연인들도 건너오고

노동자들도 다리를 넘어

해녀가 춤추던 해협은

이윽고 양민들로 넘쳐

다리 위에선 예언이 이루어진다

가덕도 언덕 풀섶에서

봄나물 캐던 아이는 할머니가 되고

기도원에서 기도하던 소년은 할아버지가 되어

하얗게 반사하는 대교를 바라본다

즐거이 노래 부르던

섬사람 어부의

두꺼운 눈시울에도

두 섬이 쉬어 가는 다리가 놓인다

무릉 역 1

안동 쪽
마지막 작은 터널을 지나면

바람의 노래
개울의 웃음 모아 주던
옥수수 밭
깔깔거리고

봉숭아 물이 든 기차가
석양의 손톱에 길게 내려앉으면
바빠지는 중앙선엔 비 오듯 쏟아지던
거친 사투리

중산리 언덕

개울 건너 복숭아밭이 있어
무릉도원이 따로 없던 시절 –

역 맞은편에 서 있던 우체통
그 안에 풍덩하고
솔 껍질 조각배라도 띄었더라면
지금쯤 내 기억의 기적 소리가
덜 슬펐을 것을

감자 꽃 한 짐 싣고 떠나는 사람
도회지 소식을 무겁게 이고 내리는 사람

그 틈에 성령이 충만했던
한 청년
장로교회 쪽으로 걸어가고

거기 소나무 향기로 만든
소박한 강단에
오르고 있다

설교를 막 시작하면

청년이 지나갔던

무릉 역전 소달구지 울음소리

들리고 있었다

무릉 역 2

- 경북 무릉 역까지 따라나선 사명감에 바치는 노래

이름 없이 살겠다든 한 마디에

빛도 없이 살겠다든 한 마디에

지울 수 없는 사명 바쳐서

무릉 역까지 따라온 처녀야

작은 운석을 다이아몬드로

작은 개울을 바다로

작은 골짜기를 창공으로

작은 꽃송이를 정원으로 키워 낸

슬프도록 현숙한 처녀야

하늘의 뚜껑을 열고서

별과 달빛이

모진 생명에 쏟아지도록

땅끝까지 받아들고

무릉 역이 멀다고
손짓하며 발짓하며
허리 굽혀 인사하던
순정 어린 처녀야

그날의
무릉 역은 사라져도
기다리기는 매한가지
해야 할 사역은 매한가지

오직 하늘의 뜻만을
동여매고 있구나

부에노스아이레스의 새벽

– 성전에 들어가는 노래

불빛은 시린 창공에
나비 떼처럼 번뜩인다

불의 수평선 –
가까이 가 보면
불 켜진 창문과 가로등일 테지
대서양 해안선을 따라
도시는 밝아올 테지

내 영혼은
말 없이 깨어나
수직으로 하강하고
나의 맨발이 지면에 닿는 순간
하루의 사역은

바삐 콧날을 세우리

새벽이여
이렇게 기도하라
　"주여, 나를 위한 단맛을 제하소서
　　당신만이 꿀송이가 되게 하소서"

라플라타 강江의 고백

– 흐르지 못하는 강

나 흐르지 못하다가
바다와 몸 닿으면
단일의 피로 섞이지 못하는 인디오의 피처럼
대서양과 어울리지 못하네

고뇌와 씻기지 않는 죄과를
성당 미사에 흘려보내려 해도
나 흐르지 못하는 강이 되었네

내 속에 아우성치는 분노의 빛
타인의 욕망 때문에 씻을 수 없는 황토 빛 구토
허파와 창자까지 헹구고 싶으나
내면에 차 있는 강, 끝내 흐르지 못하네

'가라 차루아스'[Garra Charruas] * 전통을 따라

목구멍에 녹아나는 '엘 도라도'[el dorado] **의 환상

바람 같은 황금은 어디 있는가?

아직도 La Plata *** 강은 금을 찾고 있는가?

보물지도는 수백 년 산맥 너머 노을처럼 파도치고

인디오의 마음은 소리 없이 강물 깊이 썩어만 가네

인디오의 피눈물을 퍼먹고 자라는 강

피는 가루가 되어 공기 중에 방황하고

강의 자양[滋養]은 인디오였다

스페인 병사의 녹슨 총구는 강 하구에 잠들고

칼은 강바닥에서 잃어버린 황금빛이 된다

칼을 녹여 수은을 건지면

은[銀]은 가벼이 사라지고, 인디오의 기침소리 도도하다

 *   가라 차루아스(Garra Charruas): 우루과이 원주민 인디오 로스 차루
     아스(Los Charruas)부족에게서 유래. 승리, 용맹함을 뜻함. 남미 우
     루과이 축구 국가대표팀의 이름이기도 하다.
 ** 엘 도라도(El Dorado): 스페인 군대가 추구했던 환상적인 금의 나라.
     황금향.
 *** 라플라타 강(Rio La Plata): 스페인 군대가 지금의 아르헨티나를 점령
     할 때 거슬러 들어왔던 흐르지 않는 강. 수도 부에노스 아이레스
     와 우루과이 수도 몬테비데오 사이에 있음.

스페인 졸부들의 노래는 탱고처럼 일어나
흰 종아리 비스듬한 황금 춤을 춘다

스페인 장교가 품었던 찬란한 강물은
구토를 씻지 못하고 으르렁거리고 있다
그럴수록 강은 수평선으로 기울고
수평선엔 반짝이는 소떼들 풀을 뜯고
소떼들은 역사를 아는지 금빛 지평선에 즐비하다

스페인 병사들은 날마다 강물을 정제해 마시고
황금에 미친 관리들은 물결만 일렁이어도 놀라
햇빛 아래 더 머물길 원했던 눈먼 한 낮
해가 지면 습한 달빛에
금도 함께 녹아나던 라플라타 강이여!

'콜론'^{Colón}은 식민지 백성을 달래는 '떼아뜨로'^{Teatro}
위로의 극장, 사람들은 에덴을 찾아
정장을 하고는 콜론에 들어가고 싶어 했네

강은 알았을까?
금세 불타는 장교들의 오만을

정말 알았을까?

나침반 양침에 부글거리는 인디아스*의 불륜을…

길은 골목 얼굴마다 은판을 깔고

강은 사방 수평선에 노련한 은판을 싣고

은으로 된 스키장을 달리고

은빛 공중에 은실로 짠 연을 날리네

천국보다 더 좋은 황금 알을 품고

천국보다 더 빛나는 엘 도라도가 거기 있네

라플라타 강물은 평생 씻지 못할 죄를 지고

죄 있는 자를 위해 중보**하기로 했네

언젠가 메시아가 이 땅에 다시 오는 날

오백 년 더러웠던 황토를 토하고

피의 가루들을 다시 제자리도 돌려 회해하고

설악산 계곡에 흐르던 깨끗한 물로

11월 초순의 내장산 단풍보다 더 밝은 물의 근육으로

새롭게 흐르게 하리

나쁜 습관에 물들어 손톱을 깨무는 라플라타 강이여,

너의 뱃길을 따라 중상주의를 팔아먹고

자본주의에 찌들린 풀죽은 네 모습을 보는가?

팥죽 쑤듯 첨벙이는 자줏빛 욕망을

'마뿌체'Mpuche ***는 저항하고

'차루아'Charrua 도 방어하고―

오늘 라플라타 강변에 모여서

흐르지 못함을 한탄하지 말고

흐르지 못한다고 비웃지도 말며

다시 밭을 일구는 선량한 인디오가

되어야 하리

지리산 암벽 아래로 정직하게

흘러가는 물이 되기 위해서

너 마음을 다해 고백하는 라플라타 강이여…

* 인디아스(Indias): 식민 정책 당시 스페인에서 금을 찾아 신대륙에 왔다가 갑자기 부자가 된 졸부들을 가리켜 스페인 연극계에서 붙인 대사 속의 이름.

** 중보: 타인을 위해서 중재기도해 주는 헌신.

*** 마뿌체(Mpuche): 칠레 남부와 아르헨티나 중서부 지역인 안데스산맥에 위치한 부족. '땅의 사람'이라는 뜻으로 스페인 군대를 맞아 강력하게 방어하여 끝까지 항복하지 않던 남미의 유일한 저항 부족민.

비와 원죄

비가 내려
천지가 반들거리는 정글
비는 더 이상 어둠이
아니다

뜨겁게 습격하던
독충들은
나뭇잎에 가리어
이제 독을 품지 못하고

눈을 감은 먼지들은
조용히 쉬고 싶은 지
뿌리 아래로 내려앉는다

원죄도
그랬으리라

비 내리는 날
에덴의 뱀은 바깥으로
나오지 않고
이브도 동산 바깥에
나오지 않았으리라

원죄는
비 오는 날 이루어지지
않았다

야경

안콘^{ancón} 기슭

파나마운하 행정청

언덕에 오르면

넓은 운하는

이마에 뱃고동을

울리고

운하 철길은

북녘 너머

아메리카 교량이 허리를 편다

어쩌다 교회당 쪽으로

고개 약간 돌리면

무지갯빛 노을이
저녁 종을 울린다

어느새 시야를
가로막는 노오란 불빛

어느 시인은
노오란이란 낱말을
너무 많이 사용하여
천하다고 했는데–

파나마 야경을
망가뜨리는
천박한 맥도날드 간판

여름날의 하스민 ^{Jasmin}* 1

당신은 하스민
부드럽고 향긋한
하스민

여름 무더운 날
파란 내 마음을 삼키는
시원한 빗소리

당신 손발은 부드러운 꽃받침
당신 가슴은 향긋한 꽃술
아무리 보아도 싱싱한
여름날 숲 속의 하늘빛 –

당신은 하스민

언제나

부드럽고 향긋한

민중 속의 하스민

* Jasmin은 스페인어 발음으로 하스민이다.

여름날의 하스민 ^{Jasmin} 2

당신은 하스민
안개 걷힌 정글의
부드러운 빗방울

촉촉한 꽃잎 위에서
편안한 단잠이
조올고 –

그윽한 기쁨으로
원기를 돋워 주는
깊은 숲 속의 생명

당신은 하스민
언제나 가까이

월계수를 물고 오는

향기로운 새

전쟁도 없고

욕심도 없이

사슴이 시냇물을

찾지 않아도

견고한

나라를 세우는

나의 하스민

여름날의 하스민 ^{Jasmin} 3

꽃잎도 정념^{情念}을 모으는
아침의 미소

자신만 내세우는
오만한 거리에서
문득 뿌리를 키우는
1월의 빗방울

꽃은 겸허히
우산을 펴
하얀 속살을 바친다

네
곱고도 여린 하늘의 발레

정원보다 평화로운

하스민 한 송이

아이티 달빛

아이티 달빛 luz de la luna de Haiti

지진이 아니었다면
아직 잠들어 있을 시간,
어디서나 같은 모습으로
새벽을 알리는
균형 잡힌 달

달빛은 잠들지 못하고
바나나 밭에서
잃어버린 동족의 영혼을
찾고 있다

지진이 아니었다면
아직 세계사 속에 묻혀 있을
검은 얼굴들,

달빛은

어린 구두닦이의 구두 통에

연약한 초등학생의 수학책에

흥건한 눈물로 미래를 비춰 준다

거리에선 대화가 혼돈되고

사람들은 카오스를 외치지만

크리올^{creole}*, 이들의 언어는

힘겹게 카리브의 바벨탑을 넘는다

새벽에 일어나 기도하는

아이티 사람들 –

대성당 앞 낡은 천막을 치고서라도

불어로 공부하는 어린이가 있고

분노 대신 웃음으로

구두 통을 든 어린이가 있는 한

아이티의 새벽 달빛은

외롭지 않다

* 크리올(creole): 아이티 공용어. 프랑스어에 기반을 둔 카리브의 지역어.

아이티 국경

– 중재기도를 만나다

아이티 국경에서
하나님의 기도를 대하다

이민국 비자는
흙먼지 바람에 날려 다니고
성난 호수는 뛰어올라
도미니카 세관을
물고기처럼 물속에 묻었다

여린 아스파라거스가
키다리 선인장에게
아양 부리는 국경

영어도 스페인어도 아닌

카리브 해안의 민족어^語 –
자생하는 크리올^{creole}이
하얀 치아를
붉은 잇몸 사이로 드러내고서
웃고 있는가
울고 있는가

아이티 출신 의사는
자신을 맞아 준 도미니카 정부에
감격을 잊지 못한다

그는, 한 가족이 도미니카로
밀입국하기 위해
6일 동안 산속 깊이 헤매다
아기가 죽었다는 얘길 들려준다

　아이티 국경에서
　진정한
　중재기도를 만나다

죽은 무대

무대가 죽어 있다

그 도시
죽음의 단상에 오르는 사람들도
죽어야 한다

하지만 폐허 속에 불거진
동생의 팔다리를 발견하고
열두 살 신디는 울부짖었다

신디만 홀로 살아서
푸에르토 프린시페
피에 젖은 무대를 말리고 있다

어찌 폐허된 아이티를 보고만 있으리오

우리에게 언어와 눈물이 있다면
우리의 영혼에 슬픔이 고이고
우리의 영혼이 눈물 묻은 시력을 갖고 있다면,

형제들이여 자매들이여
어찌 폐허 된 아이티를 보고만 있으리오

한파와 폭염으로
지구촌 곳곳엔 다중 몸살을 겪고
남미 가난한 나라마저도
아비규환 속으로 구호의 전사들이 달려가고 있는데…

대통령 궁은 무너지고 관저마저 파괴된
살벌한 영토에
실 한 오라기 같은 각하는 사라져 등을 돌리고
정부도 없이 바다 위에 떠도는
정치 카오스를 어찌할거나

관리들은 도처에 호소하길

재난의 피해자들이 30만이니 50만이니
이때를 빙자한 막무가내 소리로
정신을 못차리고 있구나

잃지 않으려 애쓰던 창백한 비명 소리 -
죽어서 무릎 꿇는 부끄러운 비명 소리 -
항구는 동강난 채
멀쩡한 수평선에 걸려 마비되고,
열강으로부터 독립을 쟁취한
경이로운 투사들은 어딜 갔는가!
아, 쪽빛 물결에 검은 진주를 자랑하던
카리브의 자존심은 어디 있는가!

UN 정규 직원은 40명이나 죽고
병원도 복구 시설도 부족한 피로 멍든 섬에서
분노한 시민들은
"취재 대신 물을 달라…"
시체로 벽을 쌓아 출입을 통제한다네

소름 끼치던 스촨성 재난 땐
즐비한 주검 곁에 14억 동족이라도 있었건만,

카리브 무더운 태양 아래

인종도 동족도 나라도 혼돈의 땅에 파묻혀

애절하게 죽은 자의 핏자국만 너절하구나

'부두교' 이교도들은 이단 사설로 판을 치고

수용소의 탈옥자들은 도미니카 국경 도시로 몰려

약탈을 일삼고

강도떼와 전염병은 창궐하는데 –

수도는 다시 건설되어야 하니

누가 이 민족을 이끌어 갈 지도자인가?

여기 지구촌에서

진정 행복한 웃음의 풍차를 돌리기엔

아직 이른 것 같으니

가장 작은 생명이

우리의 온 몸을 돌아 나올 때,

우리는 겸손히 기도하며 감사의 눈물로

얼어붙은 땅을 녹일 수 있으리…

오직 복음만이

메마른 광야에 물길을 내며,

병든 자에게 회복과

슬픈 자에게 능력을 줄 수 있으리…

죽은 자에게 부활을 줄 수 있으리…

복음과 아이티 ^{el Evangelio y Haiti}

복음을 전하려거든

불어로 말하고

영혼에 호소하려거든

크리올^{creole} 사투리를 배워라

그렇지 않으면

그대 올곧은

가족의 간증을

자녀들과 함께 전달해 주라

초심^{初心}은 항상

갈보리 피 묻은 십자가에

붙들어 두라

그런 집념이 없을 바엔
그대 스스로도 혼돈 가운데
몇 푼의 돈지갑이 되어
사람을 살 수밖에 없으니

은과 금으로 움직이는
가난한 주민들을 두고
선교했다고 말할 수는
없으리…

지나가는
개도 꼬리 저으며
웃으리…

도미니카공화국 그 형제 el hermano dominicano

키 크고 맵시 있는 사람이

말만 하면 겸손하다

가진 것 아끼지 않고

사용한 것을 아까와 하지 않았다

갈색 발목이 종아리까지 올라가

허리 굽혀 말하는

겸손한 사람

시간 바쁘지 않고

바친 시간을 아까와 하지 않았다

말 한 마디 걸음 한 걸음

신중한 그 형제

쟁반에 든 빵 한 개도

자신의 것이 아니라고
언제나 감격으로 기도하는 사람

도미니카공화국엔
폐허 된 수도원이 많지만
아직도 살아 있는 수도사는
도미니카 그 형제

사막에서 오아시스를
만나
빈 물병 꺼내는
예수 그리스도

무더운 여름에 낙엽지다

무더운 여름에 낙엽이 진다
바스락거리며
도망치는 가을

가을을 묻어 주려고
떨어지는 나뭇잎

파나마에선 시월에
다시 여름비가 내린다

올해도
찾아온 줄 알았던
잃어버린 봄

무지개
- 경제적인 어려움 당하는 친구에게

무지개는 결코 홀로 죽지 않는다
홑이불 하나 없지만
하늘만 있으면 일곱이 덮는다

그대, 어머니 살아 계실 땐
무지개 따윈 아랑곳없이
올망졸망
푸른 냇가로 가 눈물도 씻었건만
돌아봐도 보이지 않는
벌써 쉰 고개를 넘어왔구나

내가 쓰고 싶은 시詩 한편
첫 연을 시작하고
아침 이슬의 은은한 옷을 입고

시냇물 소리 들으니

오염되지 않은 무지개

거기 떠 있네

그대 눈빛엔

아직 세상과 맞설

등뼈가 꼿꼿한 출구가 열려 있고

네 이름 석 자가

소돔을 빠져 나온 후

소금 기둥이 될 수는 없구나

겨울 지나도록 통증으로

그대 어깨에 찔레꽃이 핀다 해도

작업실엔 희망의 등불이 켜져 있다

주말부부처럼

네겐 혼자가 아닌

만나야 할

아침이 있기 때문에

성탄의 밤

에덴동산
여인이 올려다본 나무에도
다윗 성,
성루에서 내려다본 부끄러운 자리에도

아기 예수님은 오십니다
만백성을 부르러 오십니다

불순종으로 뒤덮인 로마 궁정에도
지구촌 가장 작은 땅
호적하러 붐비는 시골 사무소에도
동정녀 몸을 통해 오십니다

선지자들 예언대로

하나님의 아들이 오십니다
별들은
저마다 베들레헴으로 내려앉아
어두운 밤길에
환희의 길을 열어 주십니다

아담과 이브가 즐겁게 뛰놀던
에덴을 회복하려고
무너진 시온성을 다시 건설하려고
말씀이 오십니다
육신이 되어 오십니다

캄캄한 세상에
영원한 새벽 언어로 내려오십니다

이름 없는 마구간 구유엔
어느새 밝은 등불이 켜지고
동방의 어린 아기
잠들어 계십니다
생명수 강가에
깨어 계십니다

이상한 하루

어쩌나 시내버스를 타고 가다
길 잃고 말았지

걷는다고 걸은 곳이 대통령 궁이었지
GARZA^{백로} 한 마리 거기 문지기로 서 있었지
키 큰 순백의 날개를 처음 보았지

어쩌나 순결한 종아리와
눈부신 날개를 보았으니
날 보고
자주 뒤돌아보지 마라 말했지

날씨가 화창해 길 잃고 말았어
어쩌나 백로는 돌봐 주는 이 있어

저리도 찬란한 데

까스꼬^{casco}* 옛 거리의 비싼 오페라는

관객을 잃었으니

하지만 매력 있는 바닷새와 같이 걸었고

박물관과 대성당에도 들어가 봤어

참으로 더우나

참으로 시원했고

참으로 하얗게 걸어 본

살아 있는 하루

어쩌다 길을 잃고

어쩌다 길을 묻고

어쩌다 길을 걷고

어쩌다 길을 찾고

어쩌다 길을 알고

짤막했지만 깜찍한 길

잊지 못할 추억을 남겼지

완벽한 하루 동안

길 잃어버린 나를

하나님은 보호하고 계셨던 거였어

1달러 애국심

1달러 가지고

무얼 할까

아까울 건 없지…

아니야, 1달러 안에도

땀과 노력은 가득하고

지혜와 경험, 눈물과 웃음

굴욕과 믿음이 들어 있겠지

햇빛이 눈부신

정글을 두어 시간 걷다 보면

1달러의 소중함이

몸에 배이지

1달러 내면 파나마

상류층 백화점 경내
핸들 달린 귀여운 기차를 타고
차창으로 손도 흔들 수 있지

원시의 정글에선
1달러 없이도
태양과 폭우를 견딜 수 있지만
백화점 안에선
1달러가 조국을 살린다

1달러 주고받으며…
1발보아^{balboa}*라고
애써
자국 화폐 이름을 붙여 보는

파나마 민심은
1달러의 애국심

---

* 발보아(balboa): 파나마 화폐 단위. 실제로는 지폐가 없으며 동전만
  발보아라고 부른다. 파나마에선 변동 환율 없이 미국 달러를 그대
  로 사용한다.

참 지식

그대여
인터넷의 그늘 아래 오래 머물지 말라
인터넷이 이제 막 길 떠나는
고정된 별빛의 반짝임이라면
별자리는 항상 그 어느 쯤에서 머뭇거리고
태양 없이는 별도 빛날 수 없으니,

그대여
욥*이 겪은 밤을 지나 밝은 태양 아래로 걸어 나오라
태양은 별빛의 어버이
그대 걸어가는 걸음과 옷과 바람과 땀 냄새를
낱낱이 내보이라
참 지식은 잠시 연구실에서 길들여진
인터네티즘^{internetism}이 아닌, 실제의 땅을 밟고

예리한 창끝으로 긴장하고 있는 뿌리에 꽂는 것
정수^{精髓}에서 분출하는 물과 피를 보며
그대만의 노래를 부르는 것

얼굴은 검게 타고 피부는 붉은 독충에 물려
상스럽게 그대의 영혼에 할 말을 남길 때
비로소 지식은 그대의 것이 되리니,

첫째, 함부로 베끼지 말고
둘째, 함부로 오려 내지 말고
셋째, 함부로 닮아 가지 말고
　　　육감으로 아는 체도 말고
오직 밝은 태양 아래 그대의 생긴 얼굴 그대로
감추지 않고 서는 것이다

* 욥(Job): 구약성경 욥기에는 병든 욥과 병문안 온 친구들과의 반론
　이 전개된다.

한글의 영혼

공중에서나 바다에서나
음절마다 빈틈없고
지하에서나 유배지에서도 죽지 않은
불멸의 문자

콩을 콩이라 부르고
빛을 빛이라 부르고
꿈을 몽이라 쓸 수 있는 지순한 몸종

겨울엔 얼지 않고
얼어서도 녹아지는 고드름처럼
짓밟아도 용서하는 붉은 지렁이…
신음 소리 단단한 우주의 다이아몬드

열대의 망고 나무 아래로
더운 비가 내려도
비를 비라고 쓸 수 있는 것은
모국어 덕분

저기 북서쪽
고구려 땅 너머 울란바토르엔
목란식당 문이 열리고
20대 차가운 여인이
아리따운 우리말을 하고 있다
"어서 오십시오. 반갑습니다."
남북이 갈라서도 영혼은 하나
동서가 멀어도 이민자들의 글씨엔
어머니의 눈물이 묻어난다

비단에 떨어지는 잉크인가
판화에 새겨진 또렷한 자음을 보라
손가락 끝에서 춤추는 펜 한 자루가
미래를 향해 쏟아 내는
바람난 한글이여
뽀송한 피부를 가진 성스러운 음절이

인터넷에 받쳐 치마를 벗고 있구나

테러에 숨을 거둔 뉴욕의 형제자매들에게도
동족을 지키다 스페인 총칼에 숨진
남미 과라니 부족에게도
애통히 울어 줄 수 있는
자음의 충돌이여 -

연인들은 치음으로 속삭이고
서민들은 비음으로 망각하는
모음의 회피여,

안데스도 알프스도, 로키산맥도
결코 알타이산맥을 닮진 못한다
아무도 네 몸값을 묻지 않아도
성형외과 의사도 손댈 수 없는
훈민의 바른 소리는
일찍이
대왕의 언어였다

땅속엔 기름 한 방울 없어도

반도체 교실마다 외래어가 넘쳐도

개똥벌레와 송진으로 세계를 밝힌

주유소의 언어였다

그대의 이성에 대해

- 감정이 서 있는 자리

이성은 분석하며 비교하여 자신을 자랑하게 만든다 어떤 겸양도 이성에게선 찾아볼 수 없다 하지만 감정은 매일 먹는 음식의 영양분으로 체내에 걸러지고 소화된다 이성은 지나간 앙금을 용납하지 않지만 감정은 때때로 눈물과 앙금의 골짜기를 지난다 이성을 따라 논리를 찾고 단락 따라 앎을 전개시킬 땐, 논리는 혼자만의 이론으로써 착각하고 혼돈하고 흥분하기에 충분하다 그러나 감정은 착각을 일으키지 않는다 감정은 자기 자신에게 충실하며 선善을 따라 마침내 양심의 반석 위에 올곧게 선다 지식도 폐하고, 지성을 견주었던 지인들도 어느 순간에 거추장스러울 때, 그대 홀가분한 감정으로 흠 없는 자연 앞에 설 수 있는가? 자연의 일부로 돌아갈 때 철따라 철칙을 지켜 온 자연이 천연스럽게 그대를 지켜볼 때, 바로 거기 내가

서 있을 것이다 다가올 그때를 미리 예견하면서 그대
를 기다리는 나를 탓하지 말지니, 철저한 감정으로 무
장한 내가 어찌 그대를 포기할 수 있으리 이성은 감
정에 굴복하지 않으나 이성으론 감정을 이길 수 없다
사랑이 최고라는 명제는 총명보다 감정에 비중을 두
고 이르는 말이다 이성에겐 끝이 있으나 감정은 영원
하다 희망도 신앙도 결국엔 감정 편에 서 있는 것이리
라 적어도 그대 앞에 내가 서 있는 삶의 자리는 이것
을 수긍하든 탈출하든 그대 이성의 자유에서부터이다